나는 오늘도 도전을 꿈꾼다

나는 오늘도 도전을 꿈꾼다

초판 1쇄 발행 2013년 11월 6일

지 은 이	원유철
발 행 인	권선복
편집주간	김정웅
편 집	조응연
기록정리	김호연
디 자 인	김소영
전 자 책	신미경
마 케 팅	서선교
발 행 처	도서출판 행복에너지
출판등록	제315-2011-000035호
주 소	(157-010) 서울특별시 강서구 화곡로 232
전 화	0505-613-6133
팩 스	0303-0799-1560
홈페이지	www.happybook.or.kr
이 메 일	ksbdata@daum.net

값 15,000원
ISBN 979-11-5602-014-1   03800

Copyright © 원유철, 2013

도서출판 행복에너지는 독자 여러분의 아이디어와 원고 투고를 기다립니다. 책으로 만들기를 원하는 콘텐츠가 있으신 분은 이메일이나 홈페이지를 통해 간단한 기획서와 기획의도, 연락처 등을 보내주십시오. 행복에너지의 문은 언제나 활짝 열려 있습니다.

나는 오늘도 도전을 꿈꾼다

원유철 지음

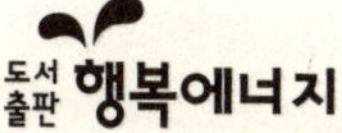

도서출판 행복에너지

피할 수 없다면 정면으로 맞서라!

정치에 처음으로 몸을 담은 것은 1990년대 초였습니다. 그 후 20여 년 동안 민생 현장을 뛰어다니며 국민과 함께 호흡하는 정치인이 되기 위해, 하루하루 최선을 다했습니다. 그리고 늘 정치에 첫발을 내딛었을 때의 초심을 잃지 않도록 노력했습니다.

이제 다시 오늘이란 새로운 출발선에 서서, 어제를 되돌아보고 내일을 향한 도전을 꿈꿉니다. 그러므로 이 책『나는 오늘도 도전을 꿈꾼다』는 나의 과거이자 현재인 동시에 미래에 대한 약속이기도 합니다.

나의 삶은 시련과 도전의 반복이었습니다. 시련이 닥쳐왔을 때 포기 대신 도전을 선택하는 것이 절대 쉬운 일은 아닙니다. 누구에게나 실패에 대한 두려움이 있기 때문입니다.

그러나 뼈저린 실패를 통해 얻는 것이 있다고 믿는다면, 그 어떤 도전도 하찮은 것은 없습니다.

지난 삶을 되돌아보니 다소 무모해 보이는 도전도 많았습니다. 전학 간 지 며칠 안 돼 반장선거에 나갔고, 첫눈에 반한 여자에게 다가가 말을 걸었고, 28살 풋내기임에도 불구하고 무소속으로 도의원 선거에 나갔습니다.

가능성만을 염두에 두었다면 실행으로 옮기기 힘들었을 일들입니다. 가능성 대신 내 안의 간절함을 더 믿었기에 과감하게 도전할 수 있었습니다. 어떠한 악조건 속에서도 도전하는 정신, 그것이 결국 나의 삶을 바꾸어 주었고 지금의 원유철을 있게 한 것입니다.

사람이 사는 동안에는 한두 번쯤 시련이 찾아오게 마련입니다. 그때마다 포기하고 도망친다면 단 한 발자국도 앞으로 나아갈 수 없습니다.

고통을 인내하고 실패를 두려워하지 않으며 꿈을 향한 도전을 멈추지 않는 사람만이 자신의 삶을 바꾸고 세상을 바꿀 수 있다고 믿습니다.

나는 지금껏 그래 왔듯 앞으로도 피하지 않을 것입니다. 시련이 나를 힘들게는 할지언정 나를 이길 수는 없습니다. 그렇기에 어떤 시련이든 당당하게 받아들이고 정면으로 맞설 것입니다. 시련이야말로 나를 한 단계 더 성장 시킬 수 있는 또 다른 기회이기 때문입니다.

정치인으로서도 나는 위기가 닥쳐올 때마다 피하지 않고 정공법으로 돌파했습니다. 그렇게 도전하고 시련을 극복하면서 많은 기적의 역전 드라마를 만들어 올 수 있었습니다. 그러나 그 드라마를 만든 것은 결코 내가 아니었습니다. 드라마의 주인공은 내가 아닌 나와 함께 해주신 분들이었습니다. 지금의 이 자리에 올 수 있었던 것은 나 혼자만의 힘이 아니었습니다. 공천에서 탈락했을 때도, 무소속으로 출마했을 때도, 낙선을 했을 때도, 한결같이 든든한 버팀목이 되어주던 분들이 있었기에 가능했습니다.

많은 분들 덕분에 시련 속에서도 몇 번이고 다시 일어설 수 있었습니다.

무엇보다 그동안 많은 도움을 주신, 평택시민들을 비롯한 경기도민들과 국민 여러분께 감사의 인사를 전합니다. 미흡하나마 나의 진심을 다해 써내려간 이 책『나는 오늘도 도전을 꿈꾼다』를 도와주신 분들께 바칩니다.

앞으로도 더 많은 도전을 하겠습니다. 편하고 쉬운 길보다 옳은 길을 가는 정치인이 되겠습니다. 대한민국에 진정한 희망이 꽃피는 그날까지, 여러분의 친구가 되고 방패가 될 수 있도록 쉼 없이 달리겠습니다.

2013년 11월

Part 1

허기

삶이 힘겹다 하여 신세 한탄만 늘어놓고 주저앉아 있는 자에게 기회는 오지 않는다. 아무리 고달프더라도 간절한 꿈의 끈을 놓지 않고 희망을 노래하다 보면 기회는 반드시 온다. 지금 이 자리까지 온 것도 '허기'라는 이름의 '열정'이 나를 끊임없이 채찍질했기 때문이다. 그 허기가 나뿐만이 아닌, 타인과 주변의 결핍마저 채워주고 싶다는 '열망'이 되었고 나를 정치인이라는 꿈으로 인도해주었다. 이제부터 그 어떤 부족한 환경도 기회로 만들어주는 '허기의 위대한 힘'에 대해 이야기하고자 한다.

“아, 배고파.”

유년시절 나는 늘 배가 고팠다. 또래 아이들보다 밥을 두 배는 더 먹어야 배가 불렀다. 내 몫을 다 먹고 나면 다른 식구들의 밥그릇을 물끄러미 쳐다봤다. 식구들이 내게 신경을 쓰지 않으면 숟가락만 쪽쪽 빨았다. 이를 금세 눈치채신 어머니는 자신은 배가 부르다며 늘 밥을 덜어주셨다. 그렇게 나는 어머니의 사랑으로 허기를 채울 수 있었다.

비단 어린 시절의 배고픔에만 한정되는 이야기가 아니다. 학업, 연애 그리고 정치에 이르기까지 그 끝 모를 허기가 내 삶을 이끈 원동력이자 활력이었다. 늘 굶주렸기에 그만큼 간절했고, 간절했기에 그 어떤 역경도 물리치고 앞으로 나아갈 수 있었다.

삶이 힘겹다 하여 신세 한탄만 늘어놓고 주저앉아 있는 자에게 기회는 오지 않는다. 아무리 고달프더라도 간절한 꿈의 끈을 놓지 않고 희망을 노래하다 보면 기회는 반드시 온다. 지금 이 자리까지 온 것도 ‘허기’라는 이름의 ‘열정’이 나를 끊임없이 채찍질했기 때문이다.

그 허기가 나뿐만이 아닌, 타인과 주변의 결핍마저 채워주고 싶다는 ‘열망’이 되었고 나를 정치인이라는 꿈으로 인도해주었다. 이제부터 그 어떤 부족한 환경도 기회로 만들어주는 ‘허기의 위대한 힘’에 대해 이야기하고자 한다.

늘 배고팠던 아이

"엄마, 나 밥 좀 더 주세요."

어머니는 밥을 더 달라는 응석이나 다른 투정들은 다 받아주셨지만 잘못한 것이 있다면 따끔하게 혼을 내셨다. 특히 주일날 교회에 빠지는 일만큼은 절대 봐주는 일이 없으셨다. 몰래 교회에 나가지 않았다가 들키기라도 하는 날엔 불호령이 떨어졌다.

덕분에 교회는 참 성실히 다녔다. 그뿐만 아니라 어떤 일이든 당신과의 약속을 어기는 걸 무척 싫어하셨다. 지금 생각하면 당시 어머니와 약속을 지키려 했던 노력이 지금도 약속 하나만큼은 잘 지키는 좋은 습관을 만들어 준 것 같다.

또한 어머니께서는 절대 남의 것을 탐내지 못하게 하셨다. 집에서 아무리 식탐을 부려도 봐주셨지만 남들 앞에서는 용납하지 않으셨다. 오히려 남에게 베풀라고 말씀하셨다. 어린 마음에 처음에는 이해하지 못했다. 내 것도 모자란데 남에게 어떻게 베풀라는 건지…. 나중에 커서야 그 말을 이해할 수 있었다.

그때 어머니께서 가르쳐 주신 삶의 태도들은 현재 내 삶의 근간을 이루고 있다. 항상 타인을 배려하고 약속은 반드시 지키는 사람이 되기 위해 지금도 늘 노력을 한다. 그밖에도 어머니는 긍정적 사고방식, 독립심을 가지라고 강조하셨다. 정치의 길이라는 고행을 자처했으면서도 이렇게 견딜 수 있는 까닭은 내 철학의 바탕에 당시의 가르침에서 비롯되었기 때문이다.

단 하나, 안타까운 게 있다면 초등학교 4학년 때 어머니께서 지병으로 돌아가신 것이다. 어머니가 돌아가실 거라고는 전혀 생각하지 못했었다. 당시에는 내가 감당하기에 너무 힘겨운 일이었다. 내 응석을 받아 줄 사람이 더 이상 이 세상에 없다는 생각에 몇 날 며칠 밤을 뜬눈, 끊이지 않는 눈물로 지새워야 했다.

그 후 큰형수님이 나를 어머니처럼 돌봐주셨다. 물론 자식과 다

백일 사진과 어린 시절

름없이 아낌없는 사랑을 주셨지만 나의 허기는 더 이상 채워지지 못했다. 먹성이 좋았던 나였지만 그 뒤로 식탐을 부리지 않았다. 밥을 빨리 먹지도 않았고 내 몫을 다 먹어도 다른 식구들 밥에 눈을 돌리지 않았다. 어머니를 잃은 상실감이 세상 모든 것에 대한 결핍으로 번지고 있었다.

아마도 그때부터였으리라. 내 마음에 허기가 서서히 열정으로 자라나기 시작한 것은…. 차고 넘치는 사랑을 받아도 모자랄 시기에 느닷없이 찾아온 커다란 상실감은 어떤 결연한 의지와 각오가 되었다.

대학교에서 정치심리학을 공부하면서 알게 되었다. 정치인들 중 애정결핍이 있는 사람들이 제법 있다는 것을…. 남을 먼저 배려하라는 어머니의 가르침 그리고 내가 사랑하는 이웃들에게 내가 겪었던 결핍과 상실감을 주고 싶지 않다는 열망이, 그렇게 어린아이 원유철에게 정치인의 꿈을 심어주기 시작했다.

열등은 열정의 또 다른 이름이다

중학교 때는 가난이 싫었다. 나도 모르게 내 안에서 열등감이 솟구쳤다. 하지만 기죽기는 싫었다.

이러한 환경에서 과연 내가 할 수 있는 것이 무엇일까 늘 고민했다. 십대 소년이 다른 친구들보다 돋보이기 위해 가장 먼저 할 수 있는 일은 공부였다. 나름대로의 몸부림이었고 그만큼 결과도 얻을 수 있었다. 반에서 늘 1, 2등을 다퉜고 전교 회장을 하며 리더십을 키울 수도 있었다.

그리고 아르바이트를 해서 내 힘으로 돈을 벌었다. 당시 중학생이 할 수 있는 아르바이트는 신문배달이 다였다. 처음에는 새벽에 일찍 일어나는 게 무척이나 힘들었다. 제대로 신문을 던지는 법을 몰라 무척 애를 먹었다. 신문이 엉뚱한 데로 떨어지거나 2층까지 올리지 못해 한 곳에서만 수십 번씩 던지기도 했다.

가끔씩은 무서운 개에게 쫓겨 줄행랑을 치고 눈치를 살피며 골목을 기웃거리기도 했다. 그렇게 지친 몸을 이끌고 보급소에 돌아오면 왜 이렇게 늦었냐고 소장에게 혼이 나기 일쑤였다. 하지만 응당 해야 할 일이었기에 이를 악물고 신문과 씨름을 했다. 그 결과 점차 요령도 생기고 몸에 익다 보니 제법 할 만해졌다. 많지는 않았지만 내가 쓸 돈을 직접 번다는 사실에 무척이나 뿌듯했다. 당시 일찍 일어나는 게 몸에 배어 요즘에도 아무리 피곤한 날이라도 해가 뜨기 전에 기상을 한다.

쌀 한 포대의 힘

나는 수원에 있는 수성고등학교를 졸업했다. 당시 수성고는 경기도에 있는 고등학교 중 합격 커트라인이 가장 높은, 지역에서 공부를 제법 하는 친구들이 모이는 학교였다. 입학 당시, 나는 600여 명 중 192등이었다. 그건 제법 큰 충격이었다. 중학교 때까지 줄곧 전교 1, 2등을 놓쳐 본 일이 없었기 때문이다. 이는 곧 감내하기 힘든 압박으로 다가왔다.

그래도 공부만큼은 자신이 있었는데 경기도 수재들이 모인 학교다 보니 경쟁이 쉽지 않았다. 그리고 무엇보다 가족, 친구들과 떨어져 타지에서 홀로 하숙을 하는 것이 적잖이 괴로웠다. 문득 외톨이가 된 것만 같아 의욕은 점점 사라져갔다.

타지에서의 힘겨운 학업 생활이 주는 외로움을 달랠 길은 여전히 보이지 않았다. 이따금 할 수만 있다면 모든 걸 접고 고향으로 돌아가고 싶다는 생각마저 들었다.

그러던 어느 날 하숙집 아주머니께, 아버지께서 다녀가셨단 이야기를 들었다. 아버지께서는 남들보다 밥을 두 배 이상 먹는 내가 혹 하숙집에서 쌀 때문에 미움을 사지 않을까 걱정하셨던 모양이다. 멀리 평택에서 수원까지 쌀 한 포대를 오토바이에 싣고 와 하숙집 아줌마께 드리고는 아들 얼굴도 보지 않고 바로 돌아가셨다.

곧 그 마음이 이해가 됐다. 아버지는 공부하는 데 방해가 될까 봐 당신이 오셨다는 사실을 알리지 않으셨다. 나는 혼자라고 생각

고등학교 졸업사진

했지만 혼자가 아니었다. 식구들이 이렇게나 나를 걱정해 주는데 마음을 다잡지 못하고 방황했다는 생각에 그만 울컥했다. 하지만 겉으로는 태연한 척하며 이제 밥 맘껏 먹어도 된다며 웃어 보였다.

그날 이후로 나를 괴롭히던 외로움과 압박감은 모두 사라져 버렸다. 그 어디에 있든 가족들은 한결같이 응원을 보내줄 것이고 나는 그에 부응할 만큼 뜻한 바를 이루기만 하면 되는 것이었다. 자연스레 마음이 편해지고 다시 학업에 열중할 수 있었다. 그리고 다음 시험에서 나는 전교 10등 안에 드는 성적을 냈다.

자리가
사람을 만든다

"나 좀 추천해 줘."

짝꿍은 놀란 눈으로 나를 쳐다봤다. 전학 온 지 4일밖에 안된 아이가 반장 선거에 나가겠다니…. 지금 생각해도 웃음만 나온다. 그런 말도 안 되는 일에 끼고 싶지 않았는지 추천해달라는 내 말에 들은 척도 하지 않았다. 그렇지만 나는 끈질기게 짝꿍을 졸랐고 짝꿍은 결국 나를 추천해줬다.

내가 유독 반장에 집착했던 까닭은 초등학교 입학 전으로 거슬러 올라간다. 아버지는 일을 마치고 늘 피곤하신 얼굴로 집에 오셨다. 그래도 하루도 빠짐없이 내가 공부하는 것을 살펴보신 후에야

방에 들어가셨다. 천자문이나 구구단을 잘 외우는 모습을 보면 흐뭇해하셨다. 어느 날은 내게 말씀하셨다.

"학교 들어가면 열심히 공부 잘해야 된다. 이 아버지는 우리 유철이가 상장 타오는 것 좀 보고 싶다."

어린 나이에도 아버지 말에 담긴 의미를 나는 어렴풋이나마 느꼈던 것 같다. '너는 나처럼 고생하지 말고 공부해서 잘 살아야 한다.'는 그 바람을…. 나는 고민했다. '어떻게 하면 빨리 상장을 타올 수 있을까.'

입학을 하고 나서 빨리 상장을 탈 수 있는 방법을 알게 되었다. 바로 반장이 되는 것이었다. 반장이 되면 학기 초부터 아버지에게 상장을 가져다드릴 수 있었다. 그때부터 반장 선거날만을 손꼽아 기다렸다.

"반장이 되고 싶은 사람은 손 들어 보세요."

선생님의 말씀이 떨어지기가 무섭게 번쩍 손을 들었다. 몇몇 아이들이 뒤이어 손을 드는 것을 보고, 선생님 눈에 띄어야 반장이 될 수 있다는 생각에 책상 위로 올라가서 더 높이 손을 들었다. 반장이 되려고 나섰던 다른 아이들도 나를 따라서 책상에 올라갔다. 결국 교실은 아수라장이 됐다.

적극적으로 나선 까닭인지 아이들은 나를 반장으로 뽑아줬다. 그렇게 아버지에게 내 생의 첫 번째 상장을 가져다드릴 수 있었다. 아버지는 무척이나 기특해하셨다. 형님과 형수님도 기쁨을 감추지 못하셨다. 아버지는 온 식구를 중국집으로 데려가 자장면을 사주셨다. 당시 우리 형편에서 할 수 있는 가장 큰 외식이었다.

'내가 상장을 가져오면 우리 가족 모두가 기뻐할 수 있구나.' 그때부터 상장을 탈 수 있는 일에 최대한 매달렸다. 그래서 1학년 때부터 3학년 때까지 내리 반장을 도맡았다. 그리고 4학년 때 송북초등학교로 전학을 가서도 당연히 반장선거에 나선 것이다.

비록 친한 친구 하나 없지만 이번에도 꼭 반장을 하겠다고 다짐을 했다. 전학생이기에 반장이 되려면 초반부터 아이들한테 주목을 받아야 한다고 생각했다. 그래서 나름대로 전략을 준비했다. 나는 반 친구들에게 처음 인사를 할 때 씩씩하고 큰 목소리로 자기소개를 했다. 전학생이라 하면 보통 주눅이 들기 마련인데 도리어 당당한 모습을 보이자 아이들이 신기한 눈으로 나를 쳐다봤다.

그리고 나의 전략은 들어맞았다. 쉬는 시간에 반 친구들이 내 주위로 몰려든 것이다. 그렇게 아이들과 친해지고 며칠 뒤에 아이들에게 반장선거에 나갈 테니 나를 뽑아달라고 말했다. 아이들은 또 한 번 놀란 눈치였다. 나는 아랑곳하지 않고 반장으로 뽑아줄 것을 여기저기 부탁하고 다녔다.

반장선거 당일, 나는 반장으로 뽑히지는 못했지만 반장, 부반장 다음 격인 부회장에 뽑혔다. 전학 온 지 며칠 안 된 학생치고는 놀라운 결과였다. 아이들은 물론 담임선생님도 놀라신 눈치였다. 다음 해인 5학년 때 부반장이 됐고 6학년 때 반장을 맡았다.

처음에는 가족들이 좋아하니까 반장이 되려고 기를 썼었다. 반장이 되면 상장을 탈 수 있고 온 가족에게 기쁨을 줄 수 있기 때문이다. 그런데 나의 이런 마음가짐에 변화가 생겼다. 상장을 타서 아버지에게 칭찬을 듣는 것도 좋았지만 반장을 하다 보니 더 많은 이들을 기쁘게 해줄 수 있다는 걸 깨달았다.

내가 나서서 조금만 노력하면 반 친구들이 선생님께 덜 혼날 수 있었고 괴롭힘을 당하는 아이를 도와주면서 '남을 돕는다는 것이 이렇게 기쁜 일이구나.'라는 감정을 느꼈다. 또한 아이들을 하나로 뭉치게 하고 통솔하는 과정에서 처음으로 느껴보는 희열도 얻을 수 있었다.

타인을 기쁘게 함으로써 나의 허기는 드디어 채워지고 있었다. "자신이 부족하더라도 남에게 먼저 베풀어라."라는 어머니의 이해 못할 가르침이 그때서야 비로소 깨달음으로 다가온 것이다. 이 한 몸이 조금 고달프더라도 다수의 주변 사람에게 행복을 줄 수 있다면 그것만으로도 마음이 든든했다.

과연 당시의 내가 지금의 이 길을 걷게 될지 알고 있었을까. 그 시절, 반장 원유철에게 물어보고 싶다.

역발상으로 승부하다

중학교 3학년 때는 전교 학생회장이 됐다. 초등학교 때 못 이뤘던 꿈을 끝내 품에 안았지만 학기 초부터 해결해야할 문제가 닥쳤다. 바로 엉망이 된 학교 규율을 바로 잡는 것이었다.

학창 시절

어느 학교에나 불량서클이 있다. 당시 우리 학교에는 '돌풍'이라는 불량서클이 있었는데 규율부원들의 통제는 물론 선생님 말씀도 무시하기 일쑤였고 학교 규율은 어수선해졌다. 선생님도 어쩌지 못하는 아이들을 규율부원이 선도할 리 만무했다.

그렇게 누구 하나 선뜻 나서지 못하는 상황을 보며 이 문제만 해결할 수 있다면 학생회장으로서의 도리 그 이상을 한 것이라는 생각이 들었다. 그때부터 거듭 고민한 끝에 문득 해결책 하나를 떠올렸고 그 생각에 승부를 걸었다. 그리고 평소에 친했던 서클 대장을 불러서 이야기했다.

"너 규율부장해 볼 생각 없어?"

단속하기 힘든 불량서클 친구들을 지도부원 자리에 앉히는 역발상이었다. 그 아이들을 설득하는 데는 오랜 시간이 걸리지 않았다. 문제는 선생님들이었다. 말도 안 되는 이야기라며 심하게 반대하셨다. 나를 불러다가 혼도 내시고 설득도 하셨다. 하지만 나는 뜻을 굽히지 않았다.

"딱 한 번만 믿어주세요, 선생님. 그 친구들 정말 잘할 겁니다."

선생님들은 못마땅해 하셨지만 내가 너무 확고하게 나서자 어디 두고 보자며 결국은 수용해 주셨다. 나 역시 조금은 걱정이 됐다. 하지만 때로는 과감한 시도가 어려움을 푸는 열쇠가 될 수 있다는 것을 믿었다.

그리고 학교에서 점점 놀라운 일들이 벌어졌다. 골칫거리였던 불량서클 친구들이 성실해졌고 통제도 전보다 훨씬 잘 이루어졌다. 규율부원이라는 감투 때문인지 불량했던 아이들이 복장도 단정하게 챙겨 입었고 누구보다 일찍 학교에 나타났다. 그제야 선생님들도 한시름 놓고 칭찬을 해주셨다. 학교 폭력 문제와 규율 문제를 동시에 해결하는 일거양득의 효과를 냈다며 감탄하셨다.

그때의 경험으로 사람은 누구나 제대로 삶을 이끌어 갈 능력을 가지고 있으며 단지 그 기회를 잡지 못할 뿐이라는 깨달음을 얻을 수 있었다. 그리고 사람의 적성이 얼마나 중요한 지도 알게 되었다. 그 사람의 적성을 잘 이끌어내서 적재적소에 배치한다면 정말 많은 일들을 해낼 수 있다는 것을 그 친구들이 보여준 것이다.

머리가 아닌 가슴으로, 끝까지 최선을 다하자

나는 고등학교 때도 전교 학생회장이 하고 싶었다. 당시 수성고는 경기도가 집중적으로 육성했던 공립학교였다. 수성고 학생회장이 되면 자동적으로 경기도 새마음 학생회장이 될 수 있었다. 경기도 새마음 학생회장은 경기도 고등학생을 대표하는 자리였다. 그래서 더 간절히 하고 싶었다.

전교 학생회장 선거는 간접선거제로 31명 임원들이 모두 모여서 선출했다. 선거에는 나를 포함하여 현재 기획재정부 실장으로 있는 방문규, 서울시립대 교수인 원용걸, 수원기독교 학생연맹회장을 한 남기창 이렇게 4명의 후보가 나왔다. 4명의 후보는 대의원들을 상대로 유세를 펼쳤고 내가 제일 적극적이었다.

1차 투표 결과 원유철 15표, 남기창 8표가 나왔고 두 친구들이 나머지 표를 나눠가졌다. 1위의 표가 과반수를 넘지 못해서 1차 투표 1, 2위인 나와 남기창, 두 명을 놓고 2차 투표가 진행됐다. 2차 투표를 하기 전 원래부터 친했던 원용걸, 방문규 두 친구가 나를 지지한다고 선언했다. 누가 보더라도 나의 우세를 점쳤고 그저 느긋하게 결과를 기다리기만 하면 될 뿐이었다.

그런데 결과는 뜻밖이었다. 나머지 두 후보의 표 중 모두가 남기창에게 던져지면서 한 표 차이로 내가 지고 만 것이다. 물론 투표 인원의 속마음을 하나하나 살필 순 없었지만 이유는 알 것 같았다. 남기창의 패배가 불 보듯 뻔해지자 오히려 동정표가 몰린 것이다.

바로 후회가 이어졌다. '그래. 선거란 마지막 표가 공개될 때까지 그 결과를 절대 알 수 없는 법인데 너무 자만하고 말았어.' 결과에

대한 미련보다도 끝까지 최선을 다하지 않은 자신에 대한 자책 때문에 마음이 몹시 상했다. 이때의 깨달음은 내 정치 인생, 특히 선거 유세의 모토가 되었다.

"머리가 아닌 가슴으로, 끝까지 최선을 다하자."

한 표의 소중함이 얼마나 큰지, 그 한 표를 얻기 위해 얼마나 큰 노력을 기울여야 하는지 지금도 늘 스스로에게 끊임없이 강조하고 있다. 모두가 나의 우세를 예상하더라도 나 자신만큼은 완전히 결과가 나올 때까지 안심하지 않고, 한 표라도 더 얻기 위해 그 누구보다 열심히 뛰어다닌다.

이렇듯 초중고 시절의 경험들이 내 정치 철학의 초석이 되었고 미래를 향해 나아가게 하는 엔진이 되었다. 어린 시절, 순수했고 뜨거웠던 당시의 태도와 마음가짐을 잊지 않기 위해 앞으로도 나는 끊임없이 노력하고 있다.

간절하게 조금 더 간절하게

소년 원유철에게 부끄럽지 않기 위해

대학교 합격자 명단에 내 이름은 없었다. 몇 번을 다시 봤는지 모른다. 혹시나 못 보고 놓친 것은 아닐까, 내 이름이 엉뚱한 곳에 섞여 있지 않을까, 이런 생각에 도저히 발걸음을 뗄 수 없었다. 그래도 내 이름은 없었다. 도무지 믿기지 않는 현실이었다.

시험만큼은 늘 자신이 있었다. 그 무엇이 되었든 낙제를 해본 적은 단 한 번도 없었다. 누구나 나를 '공부를 잘하는 학생'으로 알고 있었다. '그런 내가 시험에서 떨어지다니….' 목구멍으로 쓰디쓴 침만 삼켜야 했다.

'뭐라고 말씀을 드리지….'

가족들에게 어떻게 이야기를 꺼낼지 막막했다. 지금이야 재수를 많이 하지만 당시 분위기는 그렇지 않았다. 재수는 공부를 못하는 애들이나 하는 거라고 사람들은 생각했다. 불합격 소식을 전하자 가족들은 큰 충격을 받았다. 아무도 말을 잊지 못했다.

가장 엄격하다는 종로학원에서 재수 생활을 시작했다. 하지만 마음은 스스로에 대한 실망감과 패배감에 젖어 있었다. 평소에 참 활달하고 말이 많았지만 재수를 시작하면서 말수가 급격히 줄어들었다. 학교보다 경쟁은 더 치열했고 친구들과는 소식을 아예 끊고 공부에만 매달렸다.

어느 날 학원에서 세수를 하고 거울을 보는데 문득 그런 생각이 들었다. '무얼 위해서 이러고 있는 거지.' 이 허망함은 곧 불안감으로 이어졌다. '나는 과연 시험에 합격할 수 있을까.'
퍼뜩 정신을 차리고 뺨을 스스로 한 대 세게 쳤다. 신문배달을 하면서 했던 다짐이 떠올랐기 때문이다. '절대 상황에 지배받는 사람은 되지 말자.'

하지만 지금의 나는 상황에 휘둘려 해야 할 일을 제대로 하지 못했다. 거울을 보면서 스스로에게 말했다. "유철아, 힘내자. 너는 잘할 수 있어." 거울 속의 나는 굳은 각오로 신문배달을 하던 소년 원유철이었다. 그 소년에게 더 이상 부끄러운 모습을 보여주고 싶지 않았다.

그저 옛 기억을 잠시 떠올렸을 뿐이지만 그때부터 다시 당당하고 씩씩한 예전 모습으로 돌아갈 수 있었다. 그리고 그해 겨울, 고려대학교에 합격했다.

아르바이트, 다양한 경험과 소통의 장

잠시 나아졌던 집안 형편이 고3 때부터 다시 안 좋아지기 시작했다. 하지만 아버지는 고3 아들의 대입에 영향을 주고 싶지 않다고 생각하셨는지 전혀 내색하지 않으셨다. 집안이 기울어 가는데도 표정 한 번 찡그리지 않고 아들 뒷바라지를 해주었던 아버지를 생각하면 지금도 가슴이 찡하다.

덕분에 나는 대학 입시를 앞두고서야 우리 집안의 사정을 알게 되었다. 지금껏 아무 생각 없이 참고서를 산다며 많은 용돈을 요구했던 것이 너무나도 미안했다. 열심히 신문배달을 했던 기억은 금세 잊어버렸다는 사실에 화까지 났다. 그래서 재수 시절부터 대학교를 다닐 때까지 수많은 아르바이트를 하며 내가 쓸 돈만큼은 꼭 벌어서 썼다.

많은 이들이 아르바이트를 단순한 용돈 벌이로 치부하지만 이 세상에 의미 없는 노동은 아무것도 없다. 다들 각자의 위치에서 최선을 다하면서 톱니바퀴 맞물리듯 세상이 돌아간다. 아르바이트도 마찬가지다. 개개인에게 평생의 업은 아닐지언정 현재의 충실한 삶을 가져다주는 귀중한 시간이 될 수도 있다.

그 당시 가장 편한 아르바이트는 과외였다. 시간은 덜 뺏기고 돈은 많이 받는, 누구나 원하던 아르바이트지만 당시에는 불법이었다. 학부모 측에서 이를 구실 삼아 몇 날 며칠을 미루다가 돈을 주지 않은 적도 있었다. 그 돈이 있어야 교재도 사고 생활비도 댈 수 있는데…. 당시에는 그분들이 야속했다. 또한 과외가 자주 있지도 않았다. 몇 번의 과외가 끝나고 다른 자리를 구하기가 여의치 않아 닥치는 대로 다른 아르바이트를 찾아야 했다.

다음은 동사무소 아르바이트였다. 성동구 하왕십리에 있는 동사무소였는데 전출입신고와 주민등록증 발급 업무를 맡았다. 그 일을 하며 공무원은 앉아서 편하게 일하는 자리가 아니라는 사실을 알았다. 이것저것 잡무가 많았고 처리해야 할 업무 중 힘겨운 일이 수두룩했다. 그렇게 일선 행정기관에서 근무하는 이들의 애환을 겪었다.

중간 중간 돈이 급할 때면 건설 현장에서 막일도 했다. 이른 아침부터 시작하는 막일은 내 몸의 한계를 깨닫게 했다. 모래나 벽돌을 어깨에 가득 지고 하루 종일 공사장을 왔다 갔다 하다 보면 다리가 후들거려 서 있기도 힘들었다. 밥을 떠먹을 수도 없을 만큼 팔이 저려 온 적도 많았다.

그래도 그 힘든 일을 견딜 수 있게 한 건 역시 사람이었다. 한창 연배가 높으신 분들도 묵묵히 일을 하는 모습에 더 힘을 냈고 쉬는 시간에 그분들과 이야기하다 보면 의외의 순박함에 놀라지 않을 수 없었다. 이때의 경험은 땀의 진정한 가치와 편견 없이 세상을 대하는 법을 알려 주었다.

재밌는 아르바이트도 있었다. 이발학원 실습대상이 되는 것이었

대학 졸업식에서 지금의 아내와 함께

다. 실습생들의 희생양(?)이 되어 이발과 면도를 동시에 해결하곤
했다. 거기에 돈도 받으니 말 그대로 일석삼조였다. 물론 애로사항
도 있었다. 아직 서투른 실력의 실습생들이었기에 머리는 늘 마음
에 들지 않았다. 가끔씩 크고 작은 땜통이 생기기도 했다.

가장 긴장될 때는 면도할 때였다. 실습생들이 면도칼을 들고 면
도거품을 묻힐 때면 온 신경이 면도칼로 갔다. 다행히 살짝 베인
것 말고는 큰 사고는 없었다. 비교적 힘을 덜 들이고 돈을 벌 수 있
었기에 꾸준히 했던 아르바이트 중 하나였다.

이제 와 생각해보면 다양한 아르바이트 경험들이 젊은 시절의 원유철의 삶을 빈틈없이 메워주었다. 또한 각계각층의 사람들을 만나고 그들의 삶을 직접 체험함으로써 다양한 인생관과 철학들을 접할 수 있었다.

처음에는 어쩔 수 없이 뛰어든 일이었지만 나에게 아주 소중한 경험이 되었다. 당시에는 조금 후회되고 아픈 경험이라 할지라도 시간이 지나면 모두 교훈이 된다.

그러니 망설이지 말고 당장 여러 일에 도전해보길 바란다.

실패는
없다

온 국민의 허기, 민주화

"세상을 바꿔보자."

1987년, 정치를 공부하면서 많은 생각을 했다. 당시의 부조리했던 세상을 어떻게 바꿀 수 있을까 하는 고민이었다. 홀로 긴 고민 끝에 정치에 직접 참여하자는 결론에 이르렀다. 구체적인 정치적 행동의 강력한 실천만이 세상을 바꿀 수 있다고 생각했다. 그래서 내가 원하는 후보를 당선시켜 그를 통해 세상의 변화를 이끌어내 기로 마음을 먹었다.

당시의 시대적 화두는 군부독재 청산이었다. 민주항쟁 등으로 이미 국민들의 염원은 확인이 된 상태였다. 여당인 민정당에서는 군부독재 정권의 한 축인 노태우 후보가 나왔다. 그리고 제1야당인 통일민주당 김영삼, 제3당인 평화민주당의 김대중, 신민주공화당 김종필 후보가 나왔다. 이때가 역사적 전환점이라고 생각했다.

국민들은 온전한 민주화를 갈망하고 염원하고 있었다. 지금까지의 삶이 내 개인적 허기를 채우기 위한 노력이었다면 민주화라는 온 국민의 거대한 허기에 동참한다 생각하니 무척 감격스러울 따름이었다. 또한 꼭 우리 국민들의 열망을 이루는 데 보탬이 되고 싶었다.

그렇게 새로운 시대가 시작되기 직전, 영웅들은 나설 준비를 마쳤다. 국민들은 군사정권 청산을 염원했고 김영삼, 김대중 이 둘에게 많은 관심을 쏟았다. 나는 제1야당이었던 통일민주당의 김영삼 후보를 지지하기로 결심했다. 그에게서 희망을 봤고 그라면 내가 원하는 정의로운 세상을 만들어줄 거라고 생각했다.

나는 지도 교수님께 정치 현장에 직접 참여해서 경험을 쌓겠다 말씀드리고 바로 뛰어들었다. 겁도 없이 통일민주당을 직접 찾아가 민주산악회 송탄시 지부장을 맡겨 달라고 요청을 했다. 어린 학생이 조직과 자금 동원 능력이 있겠냐며 거절당했다.

하지만 한 번 두드려보고 그만둘 것이라면 시작조차 하지 않았다. 끊임없이 문을 두드리고 얼마나 잘해 나갈 수 있는지에 대해 들려줬다. 치기인지 패기인지 모를 그 자신감이 마음에 들었는지 관계자들도 하나둘 마음을 돌리는 걸 느낄 수 있었다. 얼마 후 나는, 통일민주당의 청년 조직인 중앙청년위원회 송탄시 지부장으로 임명됐다. 현실 정치에 본격적으로 뛰어들게 된 것이다. 역사적인 정치 현장 한가운데 서자 가슴이 벅차올랐다.

중앙청년위원회 활동을 하면서 많은 선배 정치인들을 알게 됐다. 당시 중앙청년위원회에는 중앙청년위원장 유성환, 서울시지부장 서청원, 사무총장 강삼재 그리고 홍사덕, 김덕룡 같은 쟁쟁한 선배들이 2, 3대 중앙청년위원장을 맡았다. 선배들을 하나둘 알아갈 때마다 여기는 삼국지의 격전장이고 우리 모두 삼국지의 등장인물이 된 것 같은 기분이 들었다.

'우리는 역사를 만들 것이고 세상을 바꿀 것이다.' 매일 선거운동을 마칠 때마다 이런 생각을 하며 집으로 돌아왔다. 세상을 바꾸는 주역이 될 수 있다 생각하니 더 흥이 났다.

김영삼 후보가 내세운 슬로건은 '군정종식'이었다. 군사정권을 끝내고 문민정부를 수립하는 일은 시대적 흐름이었고 역사적 사명이었다. 대선이 가까워오면서 야당은 여당의 조직적인 불법, 관권 선거 방지에 부심했다. 부정선거를 어떻게든 막아야 한다는 지시와 당부가 연일 당 지도부에서 전달됐다.

사명감에 넘쳤던 까닭에 나는 모두의 눈에 띄도록 열심히 일했고 급기야는 평택경찰서 정보과 형사들이 나를 감시하는 상황에까지 이르렀다. 24시간, 일거수일투족을 모두 감시당했다. 6월 항쟁이 지나고도 이런 일들이 비일비재했다.

대선 하루 전날, 부정선거를 막기 위해 출범한 국민운동본부에서는 투표 참관인으로 청년학생 조직을 파견했다. 이들을 챙기는 것이 나의 역할이었는데 새벽 동틀 무렵에 한 통의 연락이 왔다. 청년학생들의 숙소에 괴한이 침입해서 습격을 했다는 이야기였다.

청년들은 잠자리에 들었다가 무방비 상태로 폭행을 당했다. 현장에 가보니 청년들의 상태는 생각보다 심각했다. 머리가 찢어지고 심지어는 팔이 부러졌다. 이 시대의 씁쓸한 단면이라기엔 너무도 참혹한 일이었다.

하지만 청년들은 협박과 폭력에 굴하지 않았다. 새로운 시대를 염원하며 상처를 꿰매고 붕대를 감은 채로 투표소로 향했다. 세상을 바꿔보겠다는 결연한 의지마저 엿보였다. 하지만 그 장면이 보여준 감동은 오래가지 못했다. 대통령은 노태우 후보로 결정되었다. 국민들이 열망한 양김 단일화 실패의 결과였다.

87년 대선패배의 후유증은 지역감정을 더 깊게 만들었고 지역감정은 국가의 발전을 저해할 만큼 정말 무섭다는 걸 뼈저리게 느꼈다. 결국 우리는 시대에 부름에 응답하지 못했다. 가슴이 아팠다. 세상은 여전히 바뀌지 않았다. 내가 꿈꾸는 세상이 다시 멀어진 것만 같았다.

하지만 이대로 포기할 수는 없었다. 좌절되었다 하여 포기하는 그 순간이, 진정한 실패고 그때부터 시대는 퇴보하기 때문이다. 이렇듯 나의 첫 번째 정치 참여는 끝이 났지만 실패라고 생각하지는 않았다. 언제까지 마음 아파하고 있을 수도 없었다. 곧바로 두 번째 도전을 시작해야 했기 때문이다.

실패의 진정한 의미

대선이 끝나고 13대 총선이 찾아왔다. 평택과 안성이 포함된 선거구에 통일민주당 후보가 출마를 했다. 대학 선배이자 늘 당당하고 지조가 있었고 강한 신념을 가지고 있던 그 후보에게 나는 매료되었다. 그분이라면 내가 바라는 대한민국의 정치 발전과 고향 발전상을 보여줄 수 있을 것이라 믿었다.

그래서 용감하게 먼저 전화를 걸어 인사를 드리고 1988년 1월에 정식으로 찾아뵈었다. 도와드리고 싶다는 의사를 밝히고 구체적인 계획을 말씀드렸다. 그날부터 나는 그분의 비서로 일하게 됐다. 온갖 심부름은 물론 조직 구성, 정책 조언 등 혼자 여러 역할을 수행했다.

김영삼 캠프에서 일한 경험 덕분에 일이 바쁘기는 했어도 어렵지는 않았다. 오히려 모든 일이 기쁨으로 다가왔다. 이분이 당선된다면 조금이나마 세상이 바뀌는 데 도움이 될 것이라 믿었다. 그렇게 내가 꿈꾸는 세상이 점점 다가오고 있다고 생각했다.

하지만 일이 틀어지기 시작했다. 당시 안성과 평택이 모두 포함

된 중선거구 체제였는데 13대 총선을 앞두고 소선구제로 바뀌면서 안성과 평택이 분리된 것이다. 고민하던 그 후보는 결국 안성을 선택했다.

내 고향이 평택이기도 하고 평소 인근 청년들과 유대가 깊어서 평택의 표를 끌어올 자신이 있었다. 그렇게 되면 그 후보에게 큰 힘이 될 거라 생각하면서 여기까지 왔는데 내가 할 수 있는 일에 명확한 한계선이 그어졌다. 전략에 차질이 생겼고 크게 당황스러웠다. 시쳇말로 '멘붕'이 왔다.

그렇다고 포기할 수는 없었다. 내가 할 수 있는 일은 무엇이든 최선을 다했고 뛰고 또 뛰었다. "끝날 때까지 끝난 게 아니다."라는 요기 베라(미국 메이저리그 출신의 유명한 야구선수)의 격언처럼 결과가 나올 때까지 절대 포기할 수는 없기 때문이었다. 하지만 그런 노력에도 불구하고 13대 총선에서 그 후보는 낙선하고 말았다. 나는 또 한 번 현실 정치 참여의 높은 벽을 실감했다.

살면서 처음으로, 그리고 거대한 패배감이 몰려왔다. 하지만 이 두 번의 경험을 지금도 나는 굳이 실패라 말하지 않는다. 당시 내 마음을 채운 것은 좌절감과 공허함이었지만 이를 덜어내는 과정

에서 새로운 도전에 대한 준비를 좀 더 완벽히 준비할 수 있었기
때문이다.

　진정한 실패란 원하는 길을 완전히 그만두었을 때를 의미한다.
삶에 있어 목적을 이루지 못했다 하여도 죽을 때까지 한곳만 바라
보고 나아간다면 인생은 그 자체로 의미가 있음을 우리는 잊지 말
아야 한다.

지금 바쁘다면 이미 절반은 성공한 인생이다

가장으로서의 책임을 다하여

집안의 경제 상황은 최악으로 치닫고 있었다. 결혼하면서 처가의 도움으로 마련한 작은 집과 아내의 화장품 가게를 모두 날리고 말았다. 대선과 총선을 치루면서 내가 쓴 돈 때문이었다.

아내의 수입 전부를 긁어모아 동원 버스를 빌리거나 운동원들 뒷바라지에 모두 가져다 썼다. 나중에 자금이 떨어지자 화장품 재고까지 팔아다가 썼다. 그렇게 선거가 끝나고 문득 정신을 차려 보니 집안은 아수라장이었다. '한 아이를 둔 가장이 돈을 벌어다 주지는 못할망정 오히려 가산을 탕진하다니….'

아마 요즘 세상이었다면 이혼을 당해도 몇 번은 당했을 것이다. 하지만 아내는 조용히 나를 다독여줬다. 그리고 나만 괜찮다면 처갓집으로 들어가자는 제안을 했다. 아마도 그때 아내가 내가 하는 모든 일을 못마땅해 하고 날을 세웠다면 내 인생이 어떻게 바뀌었을 지는 생각조차 할 수 없다. 그렇기에 지금 내 모습의 절반 이상은 아내가 만들어 주었고 나는 더없이 감사해하고 살아간다.

나는 3개월 후 졸업을 했고 그해 8월에 LG화학에 취직했다. 이제는 가정을 책임져야 한다는 생각에 정말 필사적으로 준비하여 입사를 했다. 첫 직장이었기에 정말 최선을 다해 일했다.

LG 직장생활 당시

직장생활은 선거판에서의 경험에 비하면 훨씬 수월했다. 선거판에서는 나에게 주어진 일 말고도 몇 수 앞을 내다보고 더 많은 생각을 해서 일을 해야 했다. 그리고 돌발적인 변수 역시 많았다. 이 사람, 저 사람의 눈치를 다 봐야 했기에 인간관계 역시 쉽지 않았다. 하지만 회사에서는 나에게 주어진 업무만 처리하면 됐다. 직장 선배들의 눈치를 보는 것은 전에 비하면 별 스트레스가 되지 않았다. 그리고 어느덧 첫 월급 타는 날이 돌아왔다.

이번에는 내가 아내에게 돈을 가져다줄 수 있다는 생각에 몹시 들떴다. 어깨춤이 절로 나왔고 뛸 듯이 걸음은 가벼웠다. 밥을 먹지 않아도 배가 부른 기분이었다. 퇴근을 하자마자 월급봉투를 품에 꼭 안고 부리나케 집으로 달려갔다.

버스를 타고 집에 가다가 혹시 잃어버리지는 않을까 노심초사하며 월급봉투가 잘 있는지 몇 번을 확인해야 했다. 집으로 가는 길은 평소보다 두세 배는 길게 느껴졌다. 집에 들어서자마자 나는 소리부터 질렀다.

"여보. 빨리 와 봐."
아내는 뭐가 그리 급하냐면서 다가 왔다.

"여보. 눈 감아 봐."

"왜요?"

"그냥 빨리 눈 좀 감아 봐."

아내는 그 상황이 재미있다는 듯 웃으며 눈을 감았다. 나는 아내의 손에 살며시 월급봉투를 쥐어주었다. 아내는 어리둥절하며 눈을 뜨고 무엇인지 살펴보았다.

"여보. 내가 너무 늦게 갖다 줘서 미안해."

아내는 그것이 월급봉투인 것을 확인하고는 눈물을 흘렸다. 어떤 일에도 감정변화가 많지 않은 사람인데…. 그날만큼은 정말 펑펑 울었다. '이제야 첫 월급을 가져다주다니 나는 참 모자라고 나쁜 남자였구나.' 이런 나를 믿고 곁에 있어준 아내에게 너무 미안하고 또한 고마웠다. 아무 말 없이 아내의 손을 꼭 잡은 나도 눈물이 절로 글썽거렸다. 내 인생에서 손에 꼽힐 정도로 잊을 수 없는 날이 그렇게 지나가고 있었다.

나는 그 후 2년 반 동안 회사에서 근무를 했는데 그 시간은 정말 소중한 경험이었다. 직장 생활을 하면서 평범한 샐러리맨들의 애환을 동료들과 나누었고 그들과 부대끼면서 직장인들의 소박한 꿈과 삶에 대해 알게 되었다. 그리고 가장 중요한 것은 일을 할 수 있다는 사실이 얼마나 소중한지를 깨달은 것이다.

살아가다 보면 정말 필요 이상으로 많은 돈이 드는 일이 종종 발생한다. 그리고 궁핍한 처지는 누구에게나 언제든지 벌어질 수 있다. 그때 우리는 서두르지 말고 현실을 먼저 직시해야 한다. 내가 가장 소중하게 생각하고 보살펴야 할 사람이 누구인지, 그들을 위해 무엇을 해야 하는지만 늘 가슴에 품고 있다면 저절로 일에 대한 의욕과 투지가 생겨 돈은 자연스럽게 들어온다.

나도 마찬가지였다. 내가 무엇을 하고 다녀도 늘 지지해 준 아내가 있었기에 나는 한 가장으로서의 도리를 다할 수 있었고 그 평범한 직장생활이 내 정치 인생의 기반 또한 되어주었다. 내가 아끼고 사랑하는 사람들을 위해 바쁘게 살아간다는 것, 그것만으로도 인생은 이미 절반은 성공이다.

송탄 청년 향우회를 만들다

직장에 다니면서도 내 지역에 대한 애정과 관심을 놓을 수 없었다. 평소 알고 지내던 지역 청년들을 모아놓고 나는 이런 말을 했다. "우리가 지역을 한 번 바꿔보자." 청년들은 무슨 말인지 잘 모르겠다는 표정이었다.

나는 새로운 구상을 하고 있었다. 우선 내 고향을 먼저 바꾸어보자는 결심과 계획이었다. 현재의 평택시로 통합되기 전 송탄시는 주한 미군 주둔 도시로 부정적인 인식이 깔려 있었다. 나는 1989년에 송탄 청년 향우회를 조직했다. 주도적인 역할을 하다 보니 내가 자연스럽게 송탄 청년 향우회 회장을 맡게 됐다.

송탄 청년 향우회 회원들은 20대, 30대 초반의 대학생과 직장인들이 주된 구성원이었다. 기관지를 발행하고 세미나도 열어서 조직의 역량을 강화했다. 또한 자체적으로 다양한 문화 활동도 하고 이를 토대로 예술제도 열었다. 시민들과 함께 즐거운 마을을 만들기 위해서 시민한마음 갖기 체육대회도 개최했다.

내가 송탄 청년 향우회라고 이름을 붙인 데는 분명한 이유가 있다. 송탄은 오랫동안 미군이 주둔한 기지촌이다. 지역 주민들은 문화적, 교육적 측면에서 갈증을 느끼고 있었다. 그래서 부모들은 송탄이 아이들을 키울 만한 곳이 못된다고 생각하여 여건이 되는 한 다른 지역으로 전학시키려고 했다.

지역 주민들조차 송탄은 별로 안 좋은 동네라는 인식이 강했다. 그런 인식이 쌓이면 정말 좋지 않은 동네가 되어 버린다. 그래서 그런 인식을 바꿔보고 싶었다. 기지촌에서 자라고 성장한 청년들도 각계각층에서 잘하고 있고 지역에 봉사할 줄 안다는 모습을 보여주고 싶었다.

청년들에게는 자긍심을 불어넣어 고향에 대한 애착심을 갖도록 도와주고, 지역 주민들의 송탄에 대한 인식을 바꿔주고 이 지역도

아이들을 키울만한 곳이라고 안심을 시키는 것이 청년 향우회의
활동 취지였다.

　이런 노력이 효과가 있었는지 많은 청년들이 송탄 청년 향우회
에 자발적으로 참여해줬다. 송탄 청년 향우회의 인기는 폭발적이
었고 지역 주민들은 송탄 청년 향우회를 지지해주었다.

송탄 청년 향우회 창립총회

7,777

"여보. 나 선거 나가려고 해. 이번에는 내가 직접."

조심스럽게 출마의사를 전하자 아내는 아무 말도 하지 않았다. '직장 다니며 모아 놓은 돈도 없는데 무슨 수로 출마하겠다는 걸까?' 아마 아내는 이런 고민들을 했을 것이다.

다니던 직장이나 열심히 다녀주길 바랐을 것이다. 나 역시 잘 다니던 직장에 사표를 냈을 때 아내에게 정말 미안했다. 그래도 아내는 아무 말 없이 나를 따라줬다.

누가 알았을까? 지방자치제가 이렇게 빨리 부활할 줄을…. 1991

년, 30년 만에 부활한 지방선거에 출마하기로 결심을 했다. '그래, 호랑이를 잡으려면 직접 호랑이 굴로 들어가자. 이번에 내가 직접 출마하리라.' 이렇게 굳은 결심을 하긴 했지만 가족들의 눈치를 살피지 않을 수 없었다. 이제야 제대로 된 가장 노릇을 하고 있는데 다시 선거에 뛰어들겠다니…. 게다가 이번엔 직접…. 내가 생각해도 무척 이기적이고 염치없는 생각이었다.

아내에게 출마의사를 전달한 후에 아버지와 형님을 찾아갔다. 아버지와 형님은 아무 말 없이 한숨만 쉬셨다. 그 다음은 친구들과 선후배를 찾아갔다. 반응은 한결같았다. "그냥 직장이나 열심히 다니고 젊으니까 나중을 노려보자." 하지만 한 번 결심한 나를 아무도 말릴 수가 없었다. 결국 친구들도 돕기로 했다. 그동안 쌓인 정과 의리 때문에 어쩔 수 없이 돕는 모습들이었다.

가족을 비롯한 주변인 모두가 나의 당선에 회의적이었던 건 충분히 그럴 만한 이유가 있었다. 당시만 해도 선거에는 자금과 조직이 필수였다. 실제로 지방선거에 나가는 사람들은 대부분 지역유지나 재력가들이었다.

경제적 뒷받침도 없는 무소속의 28살 풋내기가 지방선거에 나간다는 것은 맨땅에 헤딩하는 것과 다름없는 상황이었다. 나를 잘 모르는 사람들은 나에게 미쳤다고 말할 정도였다.

그중에서도 가장 문제는 역시 돈이었다. 선관위 기탁금 200만 원이 없어서 쩔쩔맸을 정도로 자금이 턱없이 부족했다. 그래서 집주인에게 사정을 하여 전세 보증금 일부를 빼 와 선거 자금으로 썼다.

그리고 나를 아끼는 사람들이 많은 도움을 주었다. 중학교 은사님이셨던 신순자 선생님이 명함을 만들어주셨고 친구들이 십시일반으로 돈을 걷었다. 심지어 어떤 친구는 자신의 보험을 해약해서 보태주기도 했다.

나는 자금도 공천도 없었지만 다른 후보들에게 없는 것이 있었다. 피가 끓는 젊음이 있었고 뒤에는 어떤 일이 있어도 나를 도와줄 사람들이 있었다. 송탄 청년 향우회 회원들과 친구들, 선후배들 그밖에도 많은 분들이 나를 도왔다. 가능성이 없는 싸움이었는데도 그들은 결과를 따지지 않고 따라주었다. 그저 나를 응원해주기 위해 수고를 마다하지 않았다.

정치인이 되기에 환경이 뒷받침되지 않는 상황이었지만 턱없이 부족했기에 다른, 더 많은 것으로 대신 그 자리를 채운 것이다. 특히 사람이 그렇다. 주변에 나를 믿고 아끼는 사람이 많이 있다면 이 세상에 두려울 것이 과연 무엇이겠는가.

앞으로 살아가면서도 마찬가지다. 나는 정치인이지만 항상 나 자신이 아닌 다른 '사람'만 바라보고 나아가고 싶다. 그러한 마음이 흔들리지만 않는다면 내가 힘겨운 처지에 놓일 때 그 모든 분들이 나의 조력자가 되어줄 것이 당연하기 때문이다.

"30년 만에 부활한 지방자치는 풀뿌리 민주주의의 시작이다. 지방자치가 돈과 당의 노예가 돼서는 절대 안 된다."

이것이 내가 내세운 구호였다. 아무런 자금도 당적도 없다는 것이 나의 가장 큰 약점이었지만, 역으로 내 스스로가 돈과 당이 없음을 이야기하고 다니면서 정면 승부를 했다. 물론 처음 반응은 냉담했다. 아무것도 없으면서 왜 나왔느냐는 말부터 시작하여 젊은 풋내기가 무엇을 할 수 있겠느냐는 말로 끝났다.

선거운동은 순탄치 않았다. 상대 후보의 물량공세는 무서울 정도였다. 여기저기서 잔치를 열어 지역 주민들을 초대했다. 나도 질 수는 없었다. 사전에 정보를 입수해서 일찍 잔치에 찾아간 후 지역 주민들에게 먼저 인사를 드리고 빠져나오곤 했다. 후안무치했지만 내 입장에서는 '밥상에 숟가락을 얹는 작전'을 펼쳐야 할 만큼 절박했다.

그리고 공식적으로 나를 어필할 수 있는 기회는 합동 연설 때였다. 지금은 방송이나 여러 매체를 통해서 쉽게 알릴 수 있지만 그 당시에는 합동 연설뿐이었다. 상황이 불리했던 나는 그날만 기다리며 칼을 갈았다.

도의원 선거 유세 장면

혼자 산에 올라가 연설을 준비했다. 그런데 합동 연설을 2시간여 앞두고 폭우가 쏟아졌다. 순간 눈앞이 캄캄했다. 이것만이 지역 주민들 앞에 나를 제대로 보여줄 기회였는데…. 온몸에 힘이 빠져서 주저앉았다. 얼마나 허탈했는지 비를 피할 정신도 없었다. 이 기회를 놓친다면 안 그래도 힘든 상황에서 모든 걸 내려놓아야 했다. 그래서 간절히 기도를 했다.

"하느님 자꾸 필요할 때만 기도드려서 죄송하지만 비 좀 그치게 해주세요. 많은 분들이 저를 위해 희생해주시고 기대를 걸고 계십니다. 그분들을 실망시키고 싶지 않습니다."

기도가 통했을까. 합동 연설 직전, 언제 그랬냐는 듯이 비가 그쳤다. 그리고 청중들이 구름같이 몰려들기 시작했다. '나에게 행운이 따라주고 있다.'라는 생각이 들었다. 그리고 힘찬 외침으로 연설을 시작했다. 나는 당시의 지역 현안인 교육 문제, 환경 문제, 지역 경제 활성화, 치안 문제 등을 집중적으로 부각시키고 해결책을 제시했다.

이 연설을 계기로 분위가가 확 바뀌었다. 젊은 친구가 연설을 잘한다는 소문이 났고 원유철이라는 사람이 누군지 궁금해 했다. 희

소식이었다. 흐름이 우리 쪽으로 흘러오고 있었다. 이제는 정말 해볼 만해졌다고 생각했다.

'28살 무소속 후보 원유철'의 지지자와 자원봉사자들이 상대 후보를 압도하기 시작했다. 나 역시 부지런하게 뛰어다녔다. 새벽부터 밤늦게까지 약수터, 노인정, 재래시장 등 안 가본 곳이 없었고 몇 번씩 더 다녔다. 나중에는 수많은 시민들이 우리를 불러서 밥을 해놓고 초대해주셨다. 돈이 없는 우리에겐 정말 큰 힘이 됐다.

그리고 마지막 연설을 했다. "풀뿌리 민주주의와 지방자치를 위해 나 같은 젊은 일꾼이 한 명 정도는 경기도의회에 필요하다. 고향을 사랑하는 사람이 고향을 위해 열심히 일해 보겠다. 꼭 이 지역을 바꿔 보겠다."라고 힘껏 외쳤다. 연설이 끝나고 지역에는 내 이야기가 퍼져나갔다. 원유철이라는 젊은 후보를 한번 믿어보자는 이야기가 돌았다. 나도 모르게 주먹이 불끈 쥐어졌다.

드디어 투표가 시작됐다. 나와 자원봉사자들은 전심전력으로 최선을 다했다. 고등학교 시절 아깝게 학생회장을 놓친 기억을 떠올리며 나는 피보다 뜨거운 땀방울을 쏟았다. 드디어 투표가 마감되고 나는 '만약에 당선되지 않는다면 우리는 여기까지다. 하지만 우리의 노력은 의미가 있다.'고 생각했다. 또한 '낙선이 되더라도 나를 도와준 친구, 선후배들 그리고 시민들의 사랑을 평생 잊지 않겠다.'고 다짐했다.

그런데 놀라운 일이 벌어졌다. 초거대 정당인 민자당의 후보를 누르고 28살의 무소속 후보 원유철이 당선된 것이다. 최연소 경기도의원이 탄생한 순간이었다. 신기했던 점은 득표수가 7,777이었다. 행운의 숫자 7이 4개나 됐다. 7 곱하기 4는 28. 28살이었던 나에게 운명처럼 날아온 숫자였다.

이날의 승리는 원유철이라는 후보의 승리가 아니었다. 시민들의 열정이 만들어낸 승리였고 늘 열심히 일하며 세상을 지탱시켜준 개미들이 혁명이 이루어진 순간이었다. 지금까지의 내 모든 결핍과 허기가 이렇게 완전히 채워지고 있었다. 이제는 내가 나를 믿어준 사람들의 부족한 부분을 채워주고 행복한 삶을 돌려주는 차례가 된 것이다.

패기

상대는 중앙정보부 판단 기획국장(현 기조실장)을 지낸 거대 여당의 3선 의원이었다. 그런 거물을 정치 신인이나 마찬가지인 내가 이긴다는 것은 기적 같은 일이었다. 다윗과 골리앗의 싸움이었다. 하지만 꿈이 있었기에, 희망을 걸고 기대해주는 사람들이 있었기에 다윗은 산을 넘을 수 있었다. 자원봉사자들과 평택 시민들이 기적을 만들었다. 투표 결과 33살의 원유철이 관록의 3선 의원을 더블 스코어로 이겨버린 것이었다. 또 한 번의 개미혁명이었다. 평택 시민들이 아니었다면 절대 이루지 못했을 승리였다.

패기란 어떤 어려운 일이라도 해내겠다는 의욕과 자신감을 말한다. 세상은 늘 용감한 사람들에 의해서 변화되어왔다. 안전한 도전만을 한다면 세상은 변하지 않을 것이다. 무모하다 싶을 정도의 자신감과 도전정신, 이것이 세상을 움직이고 변화시키는 힘이다.

우리는 흔히 패기 있는 사람들에게 감동을 받고 환호를 보낸다. 패기 있는 사람을 흔치 않기 때문이다. 하지만 패기란 어려운 것이 아니다. 할 수 있다는 자신감, 그리고 도전정신 이런 것들이 패기를 만들어낸다.

겁먹지 마라. 주저하지 마라. 당신이 내딛는 한 걸음 한 걸음에 세상은 움직이고 변화할 것이며 감동 받을 것이다.

사람이
재산이다

"젊은 친구가 밀어붙이는 게 아주 황소야. 황소."

　한 동료 의원이 나에게 한 말이다. 도의원 시절 내내 나의 별명은 황소였다. 덩치도 덩치지만 한번 마음먹고 시작한 일은 무조건 밀어붙였다. 도민들의 불편사항만 해결된다면 누가 뭐라고 해도 밀어 붙였다. 그래서 그런 별명이 붙었다.

　물론 그 당시 나는 다른 도의원들보다 경험이 부족했다. 나이도 어려서 시군 관계자들에게 따지고 요구하는 것이 쉽지만은 않았다. 사회초년생이 경험과 나이에서 한참 위인 선배들한테 자신의 의견을 마음껏 어필하는 것은 우리나라 문화에서는 어려운 일이다.

하지만 나의 우선순위는 도민들이었다. 도민들을 위해서는 물러설 수가 없었다. 도민들의 불편을 덜어드리려고 적극적으로 나서다 보니 고집을 부리기도 하고 뻔뻔해지기도 했다. 경험이 부족한 나에게 도민들이 바라는 모습은 젊고 패기 있는 모습일 거라고 생각했다.

경기도의원 활동을 하면서 가장 중점을 뒀던 부분은 도민들의 생활 개선이었다. 도민들의 도움이 없었다면 선거는 상상할 수도 없었다. 그렇기에 도민들의 편에 서서 도민들의 불편함을 해결하겠다고, 다른 사람들은 귀 기울이지 않더라도 나만큼은 도민들의 목소리에 늘 귀 기울이겠다고, 매일 속으로 몇 번씩 되새겼다.

제일 먼저 했던 일은 도민들의 불편을 덜어주기 위해 행정 시설 확충하는 것이었다. 경기도는 인구가 많고 땅도 넓은 반면에 민원 시설이 턱없이 부족했다. 도민들이 한번 민원 업무를 보거나 우편을 붙이기 위해서는 몇 시간이 걸리는 상황이었다.

그나마 젊은 사람들은 돌아다니고 찾아다니기에 큰 어려움이 없지만 어르신들은 그렇지 않았다. 불편한 몸을 이끌고 잘 알지도 못하는 먼 곳까지 돌아다니셔야 했다. 아주 기본적인 것들도 제대로

도의원 시절 합동 의정 보고회에서

갖추지 못해서 경기도민들이 불편함을 겪는 것을 보고 이래선 안
되겠다는 생각이 들었다.

먼저 등기소가 없는 송탄시에 등기소 설치 건의안을 발의했다.
또한 경기도에 없는 체신청을 신설하기 위해 지방 체신청 신설 건
의안을 발의했다. 그 후에 등기소가 생겼다. 더 이상 도민들이 자그
마한 민원 업무 때문에 많은 시간을 낭비할 필요가 없게 되었다. 도
민들의 불편이 줄어드는 것을 보니 뿌듯함이 느껴졌다.

그러던 중 91년도, 경기도에 큰 수해가 발생했다. 현장은 참혹했
다. 도민들의 집과 논, 밭은 물에 잠겼고 가축들이 홍수에 떠내려

갔다. 인명피해도 많이 났다. 산 사람들은 '차라리 죽는 게 낫다.'고 말할 정도로 참혹한 지경이었다.

그런데 수해 대책 종합보고를 들으면서 나는 망연자실한 표정을 감출 수 없었다. 수해의 원인이 다름 아닌 경기도의 잘못된 정책과 늦장 대처에 있었기 때문이었다. 경기도와 여러 시의 대처가 발 빠르지 못했고 노후된 배수관과 골프장 등이 원인이 돼서 조그마한 피해로 그칠 수 있었던 수해가 눈덩이처럼 불어나게 된 것이었다.

한 마디로 인재였다. 조금만 조심하고 미리 대응했더라면 도민들이 피눈물을 흘리지 않았을 텐데…. 공직자들의 부주의로 많은 도민들이 피해를 겪어야 했다는 사실이 너무나 가슴 아팠다.

수해를 복구하며 힘들어 하는 도민들을 만나면서 힘들었던 내 어린 시절이 많이 떠올랐다. 그때부터 조금 형편이 어려운 사람들에게까지 도움이 될 수 있는 정책이 무엇일지 고민하기 시작했다.

그 중 하나가 도서관 열람시간을 자정까지 늘리는 것이었다. 경제적인 문제로 독서실에 다닐 수 없는 수험생들이 마음에 걸렸다. 집에서 공부하기란 집중도 측면에서 어려움이 많다. 특히 혼자 방을 사용하지 않는 수험생이라면 더더욱 어려울 것이다. 그래서 편히 공부할 수 있도록 돕고 싶은 마음에서 건의를 했다.

괜히 흥분했던 적도 있었다. 당시 소년소녀가장들을 산업시설에 방문시키기 위한 예산이 잡혀 있었다. 소년소녀가장들의 진로를 한정시키고 그쪽으로 유도하는 것 같아서 나도 모르게 마음이 안타까웠다. 물론 현실적인 것도 무시할 수는 없지만 그 친구들이 좀 더 공부를 할 수 있고, 다양한 선택을 하도록 돕고 싶은 마음이었다.

평택 주공2단지(현 포스코 아파트) 급수시설이 고장 나는 바람에 단지 내에 물 공급이 중단된 적도 있었다. 아마 물 공급이 끊겨 본 적이 있는 사람들은 그 불편함을 잘 알고 있을 것이다. 급수가 중단되면 설거지와 빨래를 할 수 없는 것은 물론이요, 씻는 것도 불편하고 무엇보다 생리 현상을 처리할 수 없어서 고통스럽다.

도민들이 불편을 겪고 있다는 소식을 받고 한밤중에 밖으로 나왔다. 잠시도 망설이지 않고 급히 송탄소방서를 방문해서 소방서장을 만났다. 간단했다. 급수가 문제라면 물을 날라주면 되는 일이었다. 소방차를 출동시켜서 급수 문제를 해결했다. 한밤중에 도와준 소방대원들 덕분에 도민들의 불편을 쉽게 처리할 수 있었다.

도의원 시절에 여러 단체의 민원 대행 고문을 맡았다. 얼마나 많은 단체들을 맡았는지 다 열거하기조차 힘들다. 중화요리협회, 세탁소협회, 택시협회, 비디오 대여협회 등 서민들이 만든 단체들이었다. 나는 단순히 이름만 빌려준 것이 아니라 직접 그분들의 민원을 처리해 주었다.

모임마다 직접 찾아가서 시민들의 고충을 귀 기울여 들었다. 이곳저곳 단체들의 이야기를 듣고 고충을 해결해주다 보니 일이 많았고 그것들을 모두 해결하려다 보니 위해 발에 불이 나도록 뛰어다니곤 했다. 그 일들이 다 감사패로 돌아왔다. 나중에는 여기저기 감사패를 받으러 다니느라 바빴던 기억이 난다.

혈기왕성하게 뛰어다닌 덕분인지 나를 '황소'로만 여기던 선배 의원님들께서도 나중에는 나에게 지방의회발전특별위원회 간사와 평택항권광역개발협의회 간사, 예산 심사 소위원장을 맡겨 주시기도 했다. 그 일들 또한 나는 최선을 다해서 맡은 바를 다하려고 노력했다.

노력과 열정은 나를 배신하지 않았다. 도의원을 마칠 때쯤 좋은 평가들이 있었다. 나는 모르고 있었는데 먼저 삼성에서 지방자치

실무연구소에서 평가한 전국 광역의원 베스트 50에 선정된 것을
축하한다는 서한과 자료집을 보내왔다. 경기도의원 중에서는 6명
을 뽑았는데 그 중에 내가 선정된 것이었다.

누가 알아주니 괜히 기분이 좋았다. 그 이후 세계일보가 선정한
2000년대를 열어갈 각계각층의 차세대 100인에도 선정되기도 했
다. 기분 좋고 뿌듯하게 경기도의원 임기를 마칠 수 있었다.

경기도의원 선거 마지막 유세 때 나는 외쳤다.

"풀뿌리 민주주의와 지방자치를 위해 나와 같은 젊은 일꾼이 한
명 정도는 경기도의회에 필요하다. 고향을 사랑하는 사람이 고향
을 위해 열심히 일해 보겠다. 꼭 이 지역을 바꿔 보겠다."

내가 한 이 약속을 지키기 위해 나는 부단히 노력했다. 물론 경
기도의원 활동을 하면서 경험이 부족해 매끄럽지 못한 부분도 있
었다. 하지만 나는 남들보다 몇 배로 뛰어다니면서 활동량으로 부
족한 부분을 채웠다. 도민들이 불편사항을 나에게 전달해줄 때까
지 기다리지 않고 내가 직접 도민들의 고충을 듣기 위해 먼저 묻
고 먼저 움직였다.

도민들이 나를 필요로 한다면 한밤중에라도 개의치 않고 나와서 도민들의 고충을 도와드렸다. 그 열정과 노력이 있었던 덕분에 도민에게, 또한 나 자신에게 부끄럽지 않은 경기도의원 활동을 할 수 있었던 것 같다. 앞으로도 도민들, 그리고 나 자신에게 부끄럽지 않은 정치를 하기 위하여 최선을 다하고 열정을 다할 것이다.

또 한 번의 개미혁명

"유철아. 너 아무래도 공천 탈락한 것 같다."

내가 공천탈락 소식을 들은 것은 96년 2월 3일, 공교롭게도 약혼 기념일이었다. 아내에게 공천을 받으면 우리가 약혼식을 했던 중국집에서 자장면 곱빼기를 사주겠다고 약속했는데…. 공천을 확신하고 샴페인을 터트릴 준비 중에 비보를 들은 것이다. 그것도 고교동창인 김차수 동아일보 정치부 기자에게서 소식을 들었다.

하늘이 노래지고 머리가 어지러웠다. 있을 수 없는 일이었다. 87년 대선, 88년 총선, 92년 대선과 총선. 선거 때마다 얼마나 열심히 당을 도왔는데…. 당내 실세들도, 청와대와 신한국당 여론조사, 각종 언론사 여론조사에서도 평택 갑은 원유철이라고 가리키고 있었는데…. 그 짧은 순간이 몇 년 같았다. 배신감, 실망감, 분노…. 순간 얼마나 많은 감정들이 스쳐 지나갔는지 모른다.

하지만 오기가 생겼다. 세상에 배신을 당한 것 같았지만 이대로 무너질 수는 없었다. 사실 나에게 이런 시련은 한두 번이 아니었다. 시련도 겪다보면 익숙해지는 법이었다. 나는 이미 좌절과 고난에 맞부딪쳐 싸우는 법을 어느 정도 알고 있었다.

결심했다. 15대 총선에 무소속으로 출마하기로. 늘 그래왔다. 순탄치 않았다. 돌뿌리에 발이 걸려서 넘어졌을 뿐이라 생각했다. 넘어졌으면 다시 일어나면 될 뿐이었다. 나는 일어서서 또 뛰어가기로 마음먹었다.

"그래 이제부터 다시 시작이다."

순탄치 않았던 15대 총선 출마

95년에 3대 경기도의회 의원 임기를 마쳤다. 그리고 나는 15대 총선에 출마할 결심을 했다. 주위에서는 아직 나이가 젊으니까 도의원을 한 번 더 하고 난 후에 도전하라는 충고도 있었다. 하지만 나는 이미 총선에 출마하기로 마음을 굳힌 상태였다.

내가 꿈꾸는 세상을 만들기 위해서는 더 큰 힘이 필요했다. 지역 현안들을 해결하기 위해서 국회의원이 되어야 했다. 나를 만류하던 내 주위 사람들도 내 결연한 모습을 보고는 결국 나를 따라주고 응원해주기 시작했다. 이번엔 믿는 구석도 있었다. 김영삼 대통령이 이끄는 집권 여당, 신한국당에 공천을 신청했기 때문이다.

통일민주당 시절부터 관계를 맺은 정치인들이 모두 신한국당을 주름 잡고 있는 YS의 민주계였다. 민주계에서 영향력을 행사하고 있던 김덕룡 의원부터 시작해서 이원종 정무수석, 강삼재 사무총장 그리고 이인제 경기도지사 등 민주계를 포함한 당시 내로라하는 여권 실세들이 나를 지지해줬다.

오랜 기간 동안 당에 기여해왔다. 나는 87년 대선, 88년 총선, 92년 대선과 총선까지. 선거 때마다 앞장서서 선거를 도왔다. 게다가 각종 언론과 여론조사 결과 내가 출마하려는 평택 갑에서 내가 당선 가능성이 가장 높다고 나왔다. 그래서 이번엔 사람들을 설득하는 것이 어렵지 않았다. 이번 나의 선거는 순조롭게 진행될 것 같았다.

하지만 뭔가 삐걱거리기 시작했다. 평택 갑의 공천 발표가 늦어지기 시작했다. 평택 갑을 제외하고 대부분의 지역들이 공천 발표가 나온 상태였다. 공천이 조금씩 연기되자 뭔가 이상하다는 생각이 들었다. 공천이 차일피일 미뤄지더니 결국 최후 공천 유보지역 8곳 중 한 곳이 됐다.

그래도 별 문제가 없을 것이라 생각했다. 33살의 젊은 도의원 출신인 내가 후보가 되니 기득권층을 설득하느라 늦어지는 것이라고만 생각했다. 내가 공천을 받는 데는 아무 무리가 없을 것이라고 생각했다. 주위에 사람들이 우려를 했지만 나는 걱정하지 말라고 그들을 다독였다.

하지만 나도 모르는 사이 상황은 심각해져 갔다. 당시 평택 갑 현역 3선 중진 의원이 신한국당 김윤환 당대표의 친한 친구였고 김윤환 대표는 그를 지지했다. 나를 밀어주던 민주계와 민정계 김윤환 당대표의 줄다리기가 시작됐다.

김윤환 대표는 줄다리기가 길어지자 당무를 모두 중단한 채 지방으로 내려갔다. 결국 김영삼 대통령은 김윤환 대표를 청와대로 불렀고 담판을 지었다. 대통령과의 담판으로 김윤환 대표가 밀었던 3선 중진 의원이 평택 갑에 공천되었다.

들려오는 후일담은 이렇다. 김윤환 대표는 자신이 밀고 있는 후보가 공천에서 탈락하면 자민련으로 가서 자민련 바람으로 이어질 수 있다고 말했다. 어차피 원유철은 민주계 사람이니 언젠가 국회의원이 되더라도 다시 신한국당으로 오지 않겠냐는 논리였다. 정치란 이렇게 복잡한 논리로 돌아간다.

한참 동안 집에서 고민을 한 후 내 사무실로 지인들을 불렀다. 어디서 소식을 들었는지 200명 정도의 지지자들이 순식간에 모여들었다. 사람들은 내가 공천을 받았다는 소식을 기다리고 있었을 것이다. 그런 사람들에게 안 좋은 소식을 들려주게 돼서 가슴이 아팠다. 그렇지만 나는 이미 결심을 굳힌 후였다. 나는 당당하고 떳떳하게 지지자들과 친구들 앞에서 얘기했다.

"저는 신한국당 공천에서 탈락했습니다. 하지만 15대 총선에 출마할 것입니다. 시민 여러분의 공천을 받을 생각입니다. 저는 다시 한 번 무소속으로 출마합니다. 여러분들의 도움이 필요합니다.”

잠깐의 정적이 있었다. 조용했다. ‘올 것이 왔다’는 생각이 들었다.

“원유철! 원유철! 원유철! 원유철!”

갑자기 사람들이 내 이름을 연호하기 시작했다.

“우리가 도와 드리겠습니다.”
“우리의 국회의원은 원유철입니다.”

결과는 생각하지 않은 채 달려들기만 하는 것 같은 무조건적이고 무모한 내 도전에 많은 사람들이 호응해줄 수 있을까라는 우려가 있었다. 그러나 걱정은 부질없는 것이었다. 사람들은 오히려 나에게 환호를 해줬다. 나도 모르게 눈시울이 뜨거워졌다. 그렇게 기적과 함께 새로운 신화가 시작되고 있었다.

그때부터 두려움이 사라졌다. 이들과 함께라면 나는 다시 한 번 기적을 만들 수 있을 것 같았다. ‘그래 해보자. 공천장이야 없으면 어떠냐. 이렇게 내게 든든한 응원군들이 있는데.’ 지금 내 앞에 있

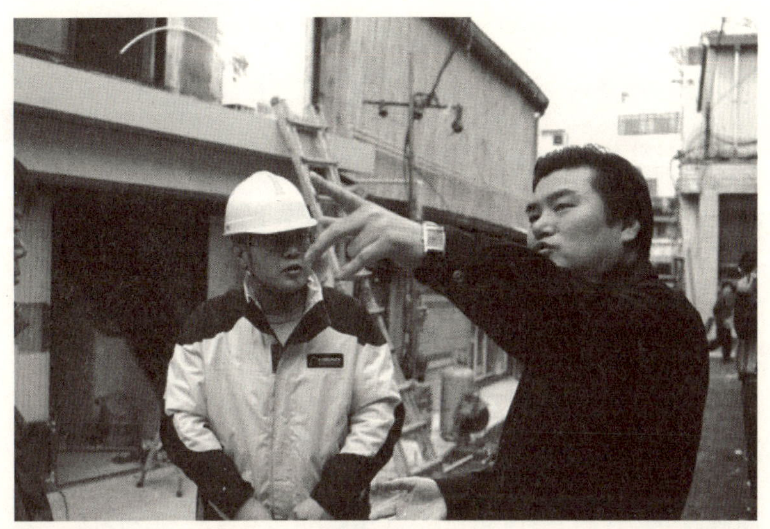

지역 현안 챙기기

는 사람들과 하나가 되는 느낌이었다. 당선된 것도 아닌데 당선됐을 때보다 더욱 마음이 뿌듯해졌다.

소중한 것을 잊고 있었다는 생각이 들었다. 경기도의원에 당선된 후에도 내게 남아있던 것은 여전히 사람들이었다. 경기도의원일 때도 난 여전히 돈도 없고 당도 없었다. 하지만 사람들이 있었다. 내가 고문을 맡았던 중화요리협회, 세탁소협회, 택시협회, 비디오대여협회, 택시기사노조, 모범운전자회, 송탄청년회의소, 송북 초등학교 동문회, 태광 중·고 총동문회 등 여러 단체회원들이 내가 총선을 나간다는 것을 알고 자원봉사를 하러 모여 주셨다.

　동네주민들을 돕는다는 마음으로 했던 일을 기억해주고 도와주 겠다고 모여주니 정말 감사한 마음뿐이었다. 그렇게 조금씩 모인 자원봉사자가 어느새 3천 명이 넘었다. 놀라운 일이었다. 3천 명이 넘는 자원봉사자들은 또 한 번 상대 후보들을 압도할 준비를 하고 있었다.

　대학생, 직장인부터 시작해 노점상, 주부들까지 각계각층의 다 양한 사람들이 모였다. 나에겐 그들을 위해 쓸 기본적인 경비조차 없었다. 하지만 그들은 자비로 점심을 사 먹으면서 내 선거운동을 도와주었다. 우리는 새로운 선거 문화를 만들어 냈다.

　피로로 입술이 부르트고 눈이 충혈될 때까지 원유철을 외쳐주었 다. 심지어 어떤 지지자는 잠을 쫓는 약까지 먹으면서 도와주었을 정도였다. 그러자 평택에는 원유철이라는 이름이 못 들어본 사람 이 없을 만큼 자자하게 돌아다니기 시작했다.

　중국요리를 시켜도 원유철, 세탁소에 옷을 맡겨도 원유철, 택시 를 타도 원유철, 비디오를 빌릴 때도 원유철. 여기저기서 내 이름 이 울려 퍼졌다. 젊은 정치 신인을 위해서 사람들은 고생을 마다하 지 않았고, 그들의 희망을 모두 걸어주었다.

가슴이 뭉클했다. 만약 내가 선거에서 당선되지 못하더라도 난 패배한 것이 아니라는 생각이 들었다. 이렇게 많은 분들이 뜨거운 성원을 보내주시는데 어떻게 패배일 수가 있을까. 그들의 응원 덕분에 나는 더욱 힘을 낼 수 있었다. 혹시나 국회의원이 되지 않더라도 평생 지역을 위해서 헌신하겠다고 굳게 다짐했다.

사실 처음에는 나도 이기리라고 확신하지 못했다. 상대는 중앙 정보부 판단 기획국장(현 기조실장)을 지낸 거대 여당의 3선 의원이었다. 그런 거물을 정치 신인이나 마찬가지인 내가 이긴다는 것은 기적 같은 일이었다. 다윗과 골리앗의 싸움이었다. 하지만 꿈이 있었기에, 희망을 걸고 기대해주는 사람들이 있었기에 다윗은 산을 넘을 수 있었다.

자원봉사자들과 평택 시민들이 기적을 만들었다. 투표 결과 33살의 원유철이 관록의 3선 의원을 더블 스코어로 이겨버린 것이었다. 또 한 번의 개미혁명이었다. 평택 시민들이 아니었다면 절대 이루지 못했을 승리였다.

그렇게 나는 33살의 젊은 나이로 국회의원이 됐다. 당시 국회의원 299명 중 두 번째로 젊은 나이였다. 15대 국회에는 나와 김민석

의원 그리고 나중에 보궐선거로 등원한 남경필 의원까지 30대 국회의원이 3명밖에 없었다.

15대 국회가 열리고 공천을 신청했던 신한국당에 입당해 당의 부대변인을 맡았다. 종종 언론브리핑 활동을 하면서 초선 의원 활동을 시작했다. 등원 후에 여야 30~40대 젊은 초재선 의원으로 구성된 의원 연구 단체인 '통일대비의원연구모임'의 일원으로 남북 통일 문제에 관심을 갖고 공부를 하기도 했다.

연구 모임에서 우리는 다른 나라 통일 사례를 살펴봤다. 독일의 통일 과정과 통합 후 과제 등을 조사했고 더 자세한 연구를 위해 독일을 방문하기도 했다. 또한 남한 사회로 점차 유입되기 시작한 중국 조선족 동포 사회의 역할과 교류 방안도 연구했다.

당시 멤버로 회장을 맡은 박종웅 의원과 나와 함께 15대 국회에 첫 발을 내디뎠던 김무성, 김문수, 김영선, 홍문종, 김영환, 추미애, 정우택 의원 등이 기억에 남는다.

문을 박차고
나가다

'지역감정이 이렇게 무서운 거구나.'

15대 국회로 등원한 첫 날, 내가 느낀 점이었다. 총선이 끝나면 임기 첫 국회가 열린다. 아직 원 구성이 완료되기 전에는 국회의원들은 지역별로 좌석을 배정받는다. 오른쪽부터 호남, 영남, 충청…. 이런 순으로 좌석 배치가 된다.

원 구성이 끝나면 교섭단체별로 앉는다. 그런데 내가 봤을 때는 원구성이 끝나도 좌석 배치가 별로 달라지지 않은 것 같았다. 경상도는 신한국당, 전라도는 국민회의, 충청도는 자민련이었다. 수도권 의원만 이동을 조금 하면 될 정도였다. 지역감정이란 정말 뿌리

깊었다. 87년 대선 때도 뼈저리게 느꼈었고 국회의원이 되고 나서 다시 한 번 실감했다.

지역주의의 상징인 3김정치 청산이 정치발전의 선결 과제라고 생각했다. 3김이란 김영삼, 김대중, 김종필을 가리키는 말이다. 김영삼, 김대중 두 분은 위험을 감수하고 앞장서서 민주화를 위해 싸운 영웅이다. 김종필 전 자민련 총재는 산업화를 이끌어온 인물이다. 세 분 모두 나름대로 나라를 발전시킨 분들이다. 후배 정치인들에게 귀감이 되는 분들이라고 생각한다.

하지만 3김이 오랜 기간 정치를 장악하면서 지역감정은 더 심화됐다. 한국 정치는 민주화는 이루었지만 아직 가야 할 길이 멀었다.

"이제 세대교체를 해야 한다."

그렇지 않고는 한국 정치는 발전이 어렵다고 생각했다. 그때 이인제 경기도지사가 눈에 들어왔다. 이인제 경기도지사라면 가능하겠다고 생각했다. 먼저 이인제 지사는 경상도 출신도 전라도 출신도 아니었다. 충청도 출신의 경기도지사이기 때문에 지역감정에서 어느 정도 자유로웠다. 게다가 젊은 정치인이라 세대교체를 통한 3김정치 청산이 가능하겠다는 생각이 들었다.

그래서 대선에서 이인제 지사를 지지했고 열심히 경선을 도왔다. 하지만 신한국당의 대선후보는 이회창 후보가 선출됐다. 아쉽지만 개혁은 나중으로 미뤄야했다. 이인제 지사는 도정으로 복귀했고 나는 해외 순방길에 올랐다. 그 이후에 대선 판도를 뒤흔들 엄청난 일이 발생했다.

이회창 후보의 두 아들 병역면제 특혜 의혹이 일었고 언론에는 연일 병역문제 의혹이 대서특필됐다. 정치권은 요동쳤고 신한국당은 흔들리기 시작했다. 이회창 후보의 지지도는 곤두박질쳤고 갑자기 이인제 후보의 지지도가 올라가기 시작했다.

이 때문에 당내에서는 후보 교체론이 일기도 했다. 당에 변화가 필요했다. 당내 민주화가 시급하다고 생각한 나와 몇몇 의원들은 이회창 후보에게 당내 민주화와 정치 개혁을 건의하기로 했다.

나와 이인제 지사는 당의 개혁안을 들고 이회창 후보를 찾아갔다. 당이 변화와 개혁을 받아들인다면 우리는 흔들리는 이회창 후보를 굳건하게 지지하고 돕기로 했다. 또한 이회창 후보가 패배한 이인제 지사를 위로하고 격려하는 모습을 보이고 이인제 지사가 공개적으로 지지를 하고 돌아간다면 흔들리는 당과 이회창 후보에게 큰 도움이 될 것이었다.

하지만 회동은 10분 만에 끝나버렸다. 이회창 후보는 결국 이인제 지사를 끌어안지 못했다. 우리는 신한국당의 변화와 개혁을 갈망했지만 받아들여지지 않았다.

그래서 신한국당에서 나와 국민신당을 창당했다. 그리고 이인제 지사를 대선후보로 내세웠다. 기존 거대정당에서 나오는 것은 쉽지 않은 일이었다. 고생길이 눈에 보였다. 단순히 이해관계로만 따지자면 신한국당을 나온 것은 사지로 나오는 것과 마찬가지였다.

하지만 나는 새로운 비전을 꿈꿨다. 3김정치 청산과 세대교체, 지역감정 극복이라는 시대정신에 나를 내던졌다. 내 신념에 따라 결단을 내리고 행동했다. 꿈 앞에서 물러나는 것은 비겁하다. 만일 물러난다면 나는 평생을 후회할 것이라고 생각했다.

나는 주민들의 과분한 사랑으로 33살에 국회의원이 됐다. 정치개혁이라는 또 하나의 꿈이 생겼다. 다음 선거는 낙선을 해도 좋으니 정치 개혁에 모든 것을 걸어보자는 결심을 했다. 나는 당의 살림을 맡는 제1사무총장직을 맡았다. 가시밭길이 시작됐다.

8명의 국회의원이 있는 신생정당의 살림살이는 참 어려웠다. 8명의 의원들이 농협에서 3천만 원 씩을 대출 받아서 후보 방송연설을 지원했을 정도였다. 거기서 끝이 아니었다. 대선을 앞두고 이인제 후보의 홍보물을 담당했던 홍보업체 직원과 인쇄업자들이 몰려와서 아수라장이 됐다.

대선을 치른 후에 돈을 못 받을 것이라 생각하고 어떻게든 받아내겠다며 당사 주위에 진을 치기 시작했다. 당시 국민신당의 살림살이를 맡고 있는 나에게 협박과도 가까운 요구들을 수차례 했다. 진을 치고 있던 업자들은 이제 꽹과리까지 동원하며 시위를 했다. 기자들에게도 소문이 퍼졌을 정도다. 창피했다.

행여나 이런 소식들이 밖에 새 나가면 당의 이미지에 좋지 않다. 당의 현 상황도 좋지 않은데 소문까지 퍼진다면 당의 미래는 더 어려워진다. 나는 더 이상 참지 못하고 업자들을 불러 모아 담판을 지었다.

"당신들이 이렇게 방해를 해서 이인제 후보가 낙선을 하거나 형편없는 득표라도 받아봐라. 그랬다가는 선관위에서 보전해주는 지원금도 받지 못하게 되고 그러면 당신들도 외상값을 받지 못하게 될 수도 있다. 그러니 기다려 달라. 그리고 지금부터라도 이인제 후보 당선을 위해서 뛰어라."라고 말했다. 업자들은 그제야 수긍을 하고 돌아갔다.

선거가 시작됐을 때 정말 놀라운 상황이 벌어졌다. 이인제 후보가 30%대 지지를 받으며 이회창 후보, 김대중 후보를 제쳤다. 국민신당 당원들의 가슴은 뛰기 시작했다. 우리의 선택이 틀리지 않았다는 것을 확인했다.

이때 각종 흑색선전들이 난무했다. 다른 당 쪽에서 이인제 후보가 영부인에게 200억 원을 지원받았다는 등의 근거 없는 소문들을 흘려보냈다. 분명히 사실이 아니었지만 지지율에는 바로 영향이 나타났다.

이인제 후보의 지지율은 15%로 반 토막이 났다. 상대 두 후보의 지지도는 급격하게 늘어났다. 선거 막판에 이인제 후보의 지지율이 20%대까지는 회복됐지만 지지도가 탄력을 받지 않았다. 당 안

팎에서 후보 단일화 얘기까지 나왔다.

그럼에도 불구하고 우리는 처음 내세웠던 명분 그대로 끝까지 달렸다. 우리가 했던 국민과의 약속을 반드시 지켜야한다고 생각했다. 결국 끝까지 대선을 완주한 이인제 후보는 낙선했다. 의미 있는 낙선이었다.

국회의원이 8명밖에 없는 신생정당이 500만 표나 얻었다. 국민의 20%가 우리를 지지해주셨다. 3김정치 청산과 세대교체 그리고 지역감정 해소에 많은 국민들이 동감해줬다는 뜻이다. 우리의 싸움은 의미가 있었다.

하지만 거기까지였다. 그 다음 해 지방선거가 있었다. 대선 때 좋은 투표율을 얻었기에 내심 기대 했었다. 하지만 우리의 기대는 산산이 조각났다. 국민신당은 지방선거에서 참패를 했다. 이제 국민신당은 사면초가에 몰렸다. 당 지도부는 진로와 관련한 난상토론을 매일같이 벌였지만 방향도 찾지 못하고 뾰족한 수도 찾지 못한 채 시간만 보냈다.

그러던 어느 날 뉴스가 전해졌다. 국민신당 이만섭 총재가 청와

대에 가서 김대중 대통령과 면담한 후에 국민회의와 합당을 선언
했다는 것이다. 너무 뜻밖의 일이라 국민신당 지도부 모두가 당황
했다.

사면초가에 몰린 의원들 대신 난관을 타개하기 위해 노장이 먼
저 총대를 메고 나선 일이었다. 전격적으로 청와대를 방문해서 김
대중 대통령을 만난 후 바로 기자회견을 해버렸다. 우리가 미처 손
쓸 틈도 없이 일이 처리됐다. 이만섭 총재는 돌아와서 우리에게 이
런 말을 했다.

"나보다는 당, 당보다는 나라가 우선이다. IMF 시대에 대통령에
게 힘을 실어줘서 이 난국을 극복해야 한다."

그렇게 해서 새천년 민주당이 창당됐고 그 후에 벌어진 16대 총
선에서 나는 무난하게 재선이 됐다. 그리고 시간이 흘러서 2002년,
대선에 나갈 후보를 뽑는 경선이 시작됐다. 나는 이인제 후보의 캠
프에서 열심히 활동했다. 이인제 의원을 통해서 이루고자 했던 나
의 열망은 그때도 변함이 없었다.

그 당시 인기로 봐서는 이인제 후보가 유력했다. 하지만 그때 올

산 경선이후로 노무현 열풍이 불면서 노무현 후보가 무섭게 치고 올라왔다. 그때부터 경선이 과열 양상을 띄었다.

그 후에 벌어진 경북 경선이 있었다. 나는 반드시 경북 경선에서 승리하고 기세를 몰아서 승리하겠다는 각오였다. 그런데 이때 뜻하지 않은 변수가 발생했다. 노무현 후보 장인의 부역에 관한 사상 논쟁이었다. 이인제 후보에게 유리한 변수라고 모두가 생각했다. 이로 인해서 이인제 후보가 압승을 할 것이라 예상됐다.

이인제 후보는 남북이 분단된 상황에서 국가안보를 책임져야 할 대통령을 뽑는데 국가관이 투철한 후보를 뽑아야 하지 않겠냐면서 우회적으로 노무현 후보를 겨냥했다. 경선현장의 열기는 뜨거워졌다. 지지자들은 마치 게임이 끝났다는 듯 더 힘 있게 이인제를 외쳤다. 그 뒤를 이어서 노무현 후보가 나타났다. 그리고 노무현 후보는 순순히 사실을 인정했다.

"하지만 나와는 상관이 없다. 내 아내 권양숙도 평생을 가슴앓이 해왔다. 그렇다고 해서 사랑하는 아내 권양숙을 버리라는 것이냐. 대통령을 안 하면 안했지 나는 아내를 포기 할 수 없다."고 소리쳤다.

그 순간이 모든 경선의 흐름을 완전히 바꿔 놓았다. 경선현장은 감동의 도가니가 됐다. 나는 알고 있었다. 선거는 머리로 하는 것이 아니라 가슴으로 하는 것이라는 것을. 내가 겪었던 선거에서 그것들이 증명이 됐다.

물론 노무현 후보가 사람을 감동시키는 힘이 있다는 것은 나도 느꼈고 많은 사람들도 느꼈을 것이다. 정치인으로서는 엄청난 능력이다. 하지만 대통령은 감성적인 사람이 되는 것이 아니라 비전이 있는 사람이 되어야 한다고 생각했다. 이인제 후보가 되어야 한다고 나는 확신했다. 그래서 더 적극적으로 경선에 임했다.

그 이후로 나는 노무현 후보 측과 감정의 골이 깊어졌다. 그러다가 이인제 후보는 경선을 포기했고 결국 노무현 후보가 대선 후보로 확정됐다. 나는 그 당시 노무현 후보를 적극적으로 앞장서서 도울 마음의 준비가 되지 않았다.

결과는 승복해야 했다. 그런 상황에서 내가 당에 남아있는 것은 노무현 후보와 당에 대한 예의가 아니라고 생각했다. 그 당시 내가 할 수 있는 최선의 방법은 하나였다. 나는 그해 11월 민주당을 떠나서 정치적 친정인 한나라당으로 돌아갔다.

나는 싸움에서 모두 패배했다. 하지만 나의 비전을 쫓아서 나섰던 싸움이었기에 후회는 없다. 가장 큰 실패는 도전하지 않는 것이다. 나는 도전을 했고 비록 패배했지만 실패한 싸움은 아니었다.

낙선 그리고 유학

예상치 못한 낙선

28살에 최연소 경기도의원. 그리고 15대, 16대 국회의원 연속 당선. 내 삶은 계속해서 승승장구만 하는 것 같았다. 그 당시에 나는 자신감에 도취되어 있었다. 그렇게 장밋빛 미래만 있는 것 같았던 나에게도 시련의 시기가 왔다. 바로 17대 총선이었다.

3월 2일, 공천을 확정 받은 후에 한 여론조사에서 나는 상대 후보를 훨씬 압도하고 있었다. 당선 가능성을 묻는 질문에서도 상대 후보를 더블스코어 이상으로 앞서고 있었다. 한 달 앞둔 여론조사 결과였으니 무난하게 나의 3선이 예상됐다. 하지만 갑작스런 변수가 발생했다. 바로 탄핵정국이었다.

3월 11일, 노무현 대통령 탄핵안이 가결됐다. 당시 나는 한나라당 제1정책조정위원장으로 주요 당직을 맡고 있었다. 당론에 따라 탄핵안에 찬성했다.

그 이후에 상황이 급변하기 시작했다. 노무현 대통령을 비판하던 국민들은 막상 노무현 대통령이 탄핵되자, 노무현 대통령을 옹호하는 입장으로 급변했다. 급기야 우리가 뽑은 대통령을 우리가 지키자는 구호가 확산됐다.

급변한 분위기는 여론조사에서도 곧바로 느껴졌다. 3월 15일 여론조사 결과는 정말 충격적이었다. 열린우리당 상대 후보와 나의 위치가 완전히 뒤바뀐 것이었다. 그 후에 계속 초조해졌다. 그래도 그 동안 내가 지역에서 했던 활동들이 있어서 막상 선거에서는 다를 것이라고 생각했다.

탄핵정국 속에 치러진 17대 총선에서 5천표 차이로 나는 낙선하고 말았다. 민심이 얼마나 무서운 것인지를 깨달았다. 선거가 끝난 후 무엇을 해야 할지를 몰랐다. 정치인은 선출되지 못하면 백수 신세가 된다. 특별하게 할 일도 없다. 게다가 당시 야당 정치인이다 보니 정부 산하기관에서 일할 기회도 없었다. 이런 정치 속담도 있다.

"원숭이는 나무에서 떨어져도 원숭이지만 국회의원은 선거에서 떨어지면 사람도 아니다."

그만큼 정치인들에게 낙선은 사망 선고와 마찬가지다.

한동안은 넋을 놓고 있었던 것 같다. 누군가 말했다. 피할 수 없으면 즐기라고. 나는 내가 지금 당장 할 수 있는 것들이 무엇인지 찾아봤다. 답은 나왔다. 가족들과 함께 시간을 보내는 것이었다.

낙선이 나에게는 재앙이라고만 생각했다. 하지만 낙선이 나쁜 것만은 아니었다. 모처럼만에 아내와 단둘이 시간을 가질 수 있었다. 국회의원으로 일하면서 아내에게 많이 소홀했었는데 여기저기 많이 여행도 다니고 가족들과 함께 있을 수 있는 시간이 늘어나서 좋았다. 가족의 사랑을 다시 한 번 확인할 수 있었다.

그리고 지역 주민들의 사랑도 느낄 수 있었다. 나는 이제 백수나 마찬가지인 처지여서 지역 주민들과 마주치기 좀 민망했다. 하지만 지역 주민들이 먼저 다가와서 인사해주시고 안부도 물어주시

스탠포드대학교 후버연구소
객원 연구원 시절

고 위로도 해주셨다. 겉으로는 웃고 있었지만 속으로 몇 번을 울었
는지 모른다.

　가족과 주민들에게서 힘을 얻은 나는 유학길에 올랐다. 정치는
포기할 수 없는 나의 꿈이었다. 이 기간 동안 실력을 쌓아서 더 나
아진 '정치인 원유철'의 모습을 보여줘야 한다고 생각했다.

　친척, 지인들의 도움으로 스탠포드대학 후버연구소 객원연구원
초청을 받아 2005년 1월부터 2006년 1월까지 연구 활동을 할 수 있
었다.

　1년간의 후버연구소 객원연구원 생활은 정말 귀중한 시간이었다. 20대 때 선출직으로 정치를 시작해서 거의 10년 만에 휴식과 함께 공부를 하면서 재충전 할 수 있는 시간이었다. 또한 나를 냉정하게 돌아보고 반성할 수 있는 시간이었다.

다시 경기도로 돌아오다

　2006년 2월에 귀국했다. 내가 귀국한 그 해에는 지방선거가 있었다. 돌아오자마자 지방선거를 위한 당무가 기다리고 있었다. 평택시장, 도의원, 시의원 공천을 위한 준비 작업을 했다. 오랜만에 다시 당무를 맡게 되니 즐거웠다. '내가 다시 와야 할 곳으로 왔구나.'라는 생각이 들었다.

　경기도지사 남부권 선거대책본부장을 맡아달라는 요청이 왔다. 당을 위해서 할 수 있는 일이였으니 흔쾌히 맡았다. 내 능력을 인정받은 것 같아서 기분이 좋았다. 나는 남부권 선대위원장으로 경기도 여기저기를 돌며 김문수 후보 유세를 펼쳤다.

　당시 김문수 후보의 상대는 삼성전자에서 반도체를 개발한 주인공이고 참여정부에서 정보통신부 장관을 지낸 여당 후보였다. 만만치 않은 상대였지만 김문수 후보는 압도적인 지지로 경기도지사가 됐다.

　성공적으로 지방선거를 마친 후, 휴식을 취하며 앞날을 구상하고 있었다. 그러던 중 선거가 끝난 후에도 한 번도 만난 적이 없던 김문수 경기도지사에게서 연락을 받았다.

　"나 좀 잠깐 봅시다."

경기도 정무부지사 시절 북한 당곡리 방문

선거를 열심히 도와줬다고 식사나 하자고 하려는 줄 알았다. 그런데 전혀 예상치 못한 말이 김문수 경기도지사의 입에서 나왔다.

"정무부지사직을 맡아주세요. 나는 원의원이 가장 적임자라고 생각합니다. 내일부터 당장 함께 일 합시다."

그렇게 경기도지사 취임 하루 전 날, 김문수 경기도지사에게서 정무부지사 요청을 받았다. 정무부지사란 국회, 도의회, 언론, 정당, 사회단체 등의 관련 업무를 담당하는 자리다. 경기도 토박이면서 경기도의원, 재선 국회의원을 했던 나의 경험을 높이 사서 나에게 정무부지사를 요청한 것 같았다.

잠시 고민했지만 경기도에 헌신할 수 있는 일이었기에 수락했다. 정무부지사는 경기도정 전반을 경험하고 배울 수 있는 기회였다. 경기도정은 내가 경기도의원으로 4년간 활동했기에 낯설지 않은 곳이었고 그때 당시 계셨던 분들과 안면이 있어서 친숙했다.

내 정무부지사 첫 업무는 7월 이천 하이닉스반도체 공장 증설 문제로 도민들과 함께 시위를 하는 것이었다. 지역 발전이 걸린 중요한 일이었다. 또 퇴임하는 날에는 국가균형발전 2단계 개악 저지를 위한 투쟁 현장을 누볐다. 시위로 시작해서 시위로 업무를 마쳤다. 나는 어쩔 수 없이 현장을 뛰어다녀야 하는 운명인 것 같다.

정무부지사로 일하면서 수도권 규제 완화를 위해 노력했다. 수도권 규제로 인한 폐해를 연구하기 위해 중국, 동남아로 이전한 한국 기업들을 찾아갔다. 그리고 평택항과 경부선을 산업 철도로 연결하는 사업을 추진하는 등 경기도의 미래를 위한 초석을 닦아 놨다.

좋은 경험도 했다. 북한을 다녀오면서 북한의 실상을 객관적으로 파악 할 수 있었다. 이는 나중에 국회 국방위원장이 됐을 때 많은 도움이 됐다. 연해주를 다녀오면서 국민의 생명과 재산을 보호하는 일이 얼마나 중요한 일인가를 깨달았다. 정무부지사는 경기도를 어떤 방향으로 끌고 가게 해야 하는 지 청사진을 그릴 수 있게 해줬다. 도민들과 호흡하면서 경기도를 위해 일했던 즐겁고 보람찬 시간이었다.

다시 국회의원에 당선되다

시간이 흘러서 18대 총선을 앞두게 됐다. 정무부지사 퇴임 후 나는 당당하게 한나라당의 공천을 받아 18대 총선에 출마하게 됐다. 한 번 낙선한 탓에 행동 하나하나가 조심스러웠다. 떨렸다. 지역 주민들이 아직도 원유철을 기억해주실까? 지역 주민들이 원유철을 다시 선택해주실까? 16대, 17대 선거에서 경쟁했던 민주당 후보와 다시 맞붙었다.

총선 당일, 숨을 죽이고 개표 방송을 봤다. 당직자들과 함께 방송을 시청하면서 웃고 있었지만 웃는 게, 웃는 게 아니었다. 결국 당선이 확정되고 나서야 진정으로 웃을 수 있었다. 평택 시민들이 다시 나를 선택해주셨다. 다시 선택을 받으니 처음 국회의원 됐을 때 보다 더 감격스러웠다. 한 번 떠난 민심으로부터 다시 사랑을 받는 것이 더 어렵기 때문이다.

국회로 복귀한 이후, 나는 18대 전반기 경기도당 위원장이 됐다. 경기도당 위원장은 지방선거 공천을 책임지고 선거를 총괄하는 위치다. 경기도당 위원장이 되면서 약속을 했다. 경기도의원 비례대표에 다문화 가정 출신을 등원시키겠다고. 경기도에 다문화 가정이 많이 늘어나고 있었다. 그들의 목소리를 대변해줄 사람이 필요했다. 나는 이런 변화에 발맞추고자 다문화 가정 출신 비례대표를 선택했다. 물론 당과 외부의 반대의견도 많이 있었다.

“외국인이 이런 공직자를 맡는 게 말이 되냐.”
“외국인들한테 경기도를 넘겨 줄 거냐.”

다소 감정적인 비난 의견이 많았다. 하지만 내 평소 소신에 따라서 밀어붙였다. 그들도 경기도 도민이고 경기도 도민들의 목소리는 누구나 소중하다는 것이 나의 원칙이었다. 성남 출신 신상진 의원의 추천을 받아서 경기도의원 비례대표 1번에 몽골 출신의 이라 후보를 배정했다. 결국 이런 흐름은 19대 총선에 새누리당이 이자스민 후보를 비례대표로 배정하는 것으로 이어졌다.

내가 경기도당위원장이 됐을 때 친이, 친박 등 계파간의 갈등이 잔존해있었다. 당내 계파 싸움이 일어나면 제대로 당이 운영되지도 못할뿐더러 선거에서도 참패는 뻔했다. 계파 싸움이 심한 당이 어떻게 국민들 앞에서 당당하게 믿고 뽑아달라고 요구할 수 있겠나. 그래서 나는 공개적으로 선언했다.

“수도권 선거는 박빙 승부다. 친이, 친박 싸움으로 당이 전멸할 수도 있다. 당내에 친한나라당, 친경기도만 있을 뿐이지 친이, 친박은 없다. 당이 하나로 뭉쳐야만 한다.”

나는 모든 인사를 골고루 배분해서 모든 계파를 하나로 뭉친 '용광로 공천심사위원회'를 구성했다. 공천기간 내에 잡음은 없었다.

장애인 등 소외계층과 노동계, 여성 참여를 확대 시키는 등의 방침을 발표해서 좋은 호응을 얻었다. 17대에 겪었던 시련은 나의 시야를 넓혀주었고 다시 초심을 찾을 수 있는 좋은 계기가 됐다. 시련의 시간이 오히려 나에게는 황금 같은 시간이 됐다.

18대 총선 유세

국군 응원단장

"평택이 국가 안보상 그렇게 중요한 지역인지 몰랐습니다."

18대 국회 후반기 원 구성을 앞두고 나는 김무성 원내대표를 찾아갔다. 국회 국방위원장을 맡겠다고 하자 김무성 원내대표는 처음엔 의아한 반응이었다. 군 고위 장성 출신도 아니고 국방정책 전문가도 아닌 내가 와서 국회 국방위원장을 맡겠다고 하니 누구라도 충분히 그랬을 것이다.

내 지역구인 평택은 대한민국을 지키는 안보도시다. 평택에는 공군 작전사령부와 해군 제2함대사령부, 오산 미군기지 등 주요 군부대가 있고 주한 미군기지 이전 사업도 진행되고 있었다.

　김무성 원내대표도 나의 설명을 듣고 그제야 수긍하는 눈치였다. 평택이 국가 안보상 그렇게 중요한 지역인지 이제야 알았다고 했다. 후에 선후배 의원들을 찾아다니며 적극적으로 국회 국방위원장을 맡고자 하는 이유를 설명하고 부탁하니 대부분 동의해주었다.

　국회 국방위원장을 맡고 나서 가장 먼저 한 일은 천안함 폭침 이후 대북규탄결의안을 통과시킨 일이다. 당시 야당과의 견해 차이로 대북규탄결의안이 통과되지 못하고 있었다. 국회 국방위원장이 되

대북결의안 제안 설명

고 곧바로 현충원을 다녀왔다. 천안함 사건의 희생자들을 위해서라도 대북규탄결의안만큼은 꼭 통과시켜야겠다는 생각이 들었다.

대북규탄결의안을 통과시키지 못하면 국회 국방위원장 자리를 내놓겠다는 각오를 했다. 유럽, 미국 등 다른 나라에서도 대북규탄결의안을 발표하고 있는 와중에 정작 당사자인 우리나라의 국회에서 대북규탄결의안이 표류 중이라는 것은 넌센스였다.

더 이상 시간을 지체하면 안 된다고 생각했다. 그래서 야당 의원들을 열심히 설득시키러 다녔다. 결국 야당 의원들과 약간의 이견차이는 있었지만 2010년 6월 29일, 국회에서 대북규탄결의안을 통과시켰다.

결의안은 먼저 천안함 침몰 원인이 북한의 어뢰 공격에 의한 것임을 분명하게 밝히고 천안함 폭침이 정전협정과 남북기본합의서, 유엔 헌장을 위반한 명백한 침략 행위이자 대한민국에 대한 중대한 군사 도발 행위로 규정하고 강력히 규탄했다.

그리고 북한의 진심 어린 사죄와 책임자 처벌 및 배상, 재발 방지약속 등을 강력히 요구하고 우리 정부가 북한의 도발 행위에 대해 강력한 대응 조치를 취할 것을 주문했다. 국회 국방위원장으로서 첫 임무를 매끄럽게 해결할 수 있어서 기분이 좋았다.

또한 군 기밀 노출을 최소화하기 위해 노력했다. 국방위원회에서는 군 기밀이 노출되는 경우가 잦았다. 질문하는 의원들은 군 기밀인지 아닌지 잘 모르는 상황에서 실상을 파악하려고 하기 때문에 군 지휘부가 답변을 안 하기도 난처한 상황이 발생하곤 한다. 그래서 나는 회의를 공개회의와 비공개회의로 나눠 진행하게 했다. 그리고 공개 상황에서는 군 기밀일 경우 답변하지 말라고 지시하여 군 기밀 유출을 최소화했다.

국방위원장 시절 동명부대 방문

내가 국회 국방위원장을 맡고 난 후에 큰일이 터졌다. 연평도 피격 사건이 터진 것이다. 대한민국이 뒤집혔고 외신들도 앞 다퉈서 취재한 사건이었다. 물론 국회도 난리가 났다. 의원들은 빨리 국방위원회를 소집하자고 난리였다. 이때 나는 의원들에게 양해를 구하고 국방위원회 소집을 반대했다.

국회 답변보다는 상황을 진정시키고 현장을 관리하는 것이 우선이었다. 국방부 장관이 국방부에서 현장 지휘를 하도록 지원했다. 내 진심을 알아주고 따라준 동료 의원들께 감사했다.

또한 민주당 의원들의 협력을 이끌어 내 서해 5도의 철옹성 같은 요새화와 주민안전 보호시설을 구축하도록 촉구하는 성명을 발표했으며, 이와 관련 국방예산의 대폭적인 증액을 이끌어 냈다. 그리고 김태영 전임 국방장관의 사퇴로 인한 안보 공백을 최소화하기 위해서 김관진 국방장관 후보자의 인사청문회를 최단 시일 내에 성공적으로 마무리 했다.

또한 병사들의 권익 신장을 위해서도 힘썼다. 나는 국회 국방위원장이 되면서 병사들을 살피러 자주 다녔다. 직접 확인을 해야만 병사들의 실태를 확인할 수 있었다.

군 의료 시스템에 커다란 문제가 있다는 것을 알게 됐다. 병사들이 오진과 늑장 치료로 의식불명에 빠지거나 숨지는 사고는 해마다 발생하고 있었다.

21사단 66연대 소속 오 병장은 2010년 말 결핵을 앓고 있었는데도 군 병원에서 우울증 진단을 받고 방치돼 있다가 결국 뇌수막염과 뇌경색으로 악화돼 의식불명 상태에 빠졌다. 노 모 훈련병은 논산 육군훈련소에서 야간 행군훈련을 마친 뒤 고열 증세로 부대 병원을 찾았지만 해열제만 처방받아 결국 뇌수막염으로 인한 패혈증과 급성호흡곤란 증세로 사망했다.

이렇게 의료사고가 이어지고 있는데 군 당국은 사고가 터질 때마다 임기응변식, 땜질식 처방으로 개선하는 시늉만 했다. 군 의료 시스템의 체질을 변화시킬 수 있도록 근본적인 대책을 마련하지 않으면 이런 사고는 계속 이어질 것이라 확신이 들었다.

군 의료사고 실태와 문제점을 전면적으로 조사하기 위해 국방위 차원의 '군 의료 체계 개선 소위' 구성을 즉각 추진했다. 위원장은 박상천 5선 의원이 맡아주셨다.

군 의료체계의 선진화와 전문의 수급확대를 위해 국방의학원 설립 법안을 국방위에서 다시 심도 있게 재논의할 것을 요구했다. 사관학교생 위탁 교육 확대와 전문의를 비롯한 민간 의사 채용 확대 등 장기 군의관을 현실적으로 확보할 수 있도록 국방 예산에 이를 철저하게 반영시키려 했다. 획기적으로 군 의료 체계가 바뀌지는 않았지만 그나마 조금은 더 나아졌다.

쉽게 넘어가서는 안 된다

지킬 건 지켜야 한다

일본은 시마네현에서 매년 2월 22일을 다케시마의 날로 정해놓고 행사를 하고 있는가 하면, 독도를 자기네 땅이라고 우기면서 계속적으로 우리나라를 도발하고 있다. 최근엔 168명의 일본 국회의원들이 야스쿠니 신사참배를 했다.

89년 이후 최대 규모이다. 게다가 일본 고등 교과서에는 '침략'이란 단어를 '확장'으로 고치기까지 했다. 역사 왜곡을 더욱 증가시켜 가고 있는 일본에 대하여 더욱 철저히 준비해서 대응해야 한다.

또한 위안부 문제 등 잘못된 자신들의 역사를 반성하지 않은 일본 정치인들의 망언이 계속되고 있다. 오사카 시장은 "군인이 전쟁에 나갔을 때 휴식을 취하려면 위안부는 필수적이다."라고 공식적인 자리에서 망언을 해 국제사회에 큰 논란을 일으켰다.

오사카 시장의 말은 워낙 논란이 컸기에 일본 정부가 나서서 기자회견을 하는 등 외교 문제를 일으키지 않기 위해 수습하려 들고 있지만 사실 이런 문제는 한두 번이 아니었다. 이제는 이런 일본 정치인들의 망언이 익숙할 정도다.

UN은 위안부 발언과 관련해서 국민들에게 위안부에 대해서 제대로 교육을 하라고 일본 정부에 통보했다. 하지만 일본 정부는 법적 구속력이 없다며 UN의 말을 따르지 않고 있다. 야스쿠니 신사 집단 참배, 아베정권의 침략 부정 발언까지…. 일본의 잘못된 행태는 너무나 많아 일일이 열거하기가 힘들 정도이다.

이러한 일본의 태도 때문에 최근부터 한국과 중국은 일본 정부와의 정상회담을 모두 거절하고 있다. 올바른 역사 인식이 먼저 자리 잡기 이전에는 일본과 정상회담을 하지 않겠다는 것이 양국의 입장이다.

하지만 이보다 더 적극적인 태도로 일본에 항의를 하고 압박해야 한다. 일본 역사 왜곡에 대한 우리 정부의 소극적인 태도가 정말 아쉽다. 일본은 2002년부터 매년 극우 역사관을 담은 교과서를 채택해 왔지만 우리 정부가 공식적으로 수정을 요구한 사례는 단 3차례에 불과하다.

또한 외교부의 공식적 수정 요구마저도 일본 정부가 이에 아무런 대응 조치를 취하지 않아 효과를 보지 못했다. 이렇게 소극적이고 저자세를 계속 취한다면 일본의 역사 왜곡은 계속될 것이다.

나라 사랑, 우리 손으로

이에 반해 우리 국민들의 나라 사랑하는 마음은 점점 뜨거워지고 있다. 최근 들어서 독도경비대 경쟁률이 부쩍 증가하고 있다. 얼마 전에는 경쟁률이 19대 1을 넘었다고 한다.

독도경비대원은 복무 기간 21개월의 의무경찰이다. 외딴섬에 갇혀 지내야 하는 특수한 환경임에도 불구하고 젊은이들의 지원이 끊이지 않고 있다. 연평도 도발 당시 해병대 지원자가 급증한 것처럼 일본의 망언에 독도 수호를 하기 위해서 젊은이들 지원이 늘어난 것이라고 한다. 정말 가슴이 뭉클한 일이 아닐 수 없다. 대한의 젊은이들이 자랑스럽다.

최근 온라인에는 높은 경쟁률 때문에 독도경비대 합격 노하우를 소개한 글이 등장했을 정도다. 면접 때 애국심을 잘 표현할 수 있는 방법, 효율적으로 체력 기르기, 인성검사 잘 치는 방법 등이 소개되어 있단다. 웃음이 나오면서도 뿌듯하다. 이런 젊은이들이 독도를 지켜준다면 정말 안심할 수 있을 것 같다.

독도 특위위원장 활동

나 역시 독도에 관심이 많다. 내가 독도에 관심을 갖게 된 것은 15대 국회의원 때부터였다. 15대 국회의원 때 독도에 가서 독도경비대를 위문하고 독도도 둘러봤다. 독도를 다녀온 후부터 독도에 대한 관심과 사랑이 싹트기 시작했다. 비록 독도는 동쪽 끝에 있는 작은 섬이지만 우리에게는 정말 중요한 섬이다. 독도에 많은 관심을 갖다 보니 18대 국회 때 국회 독도영토수호대책특위위원장으로 선출됐다.

<미안하다 독도야> 시사회

〈미안하다. 독도야〉라는 영화를 기억하는 사람들이 있는지 모르 겠다. 처음 지인에게 독도를 가지고 만든 영화가 있다는 소식을 듣 고 국회 독도특위위원장이었던 내가 그냥 지나칠 수 없었다. 이 영 화는 〈맨발의 기봉이〉를 연출하셨던 감독님께서 만든 영화인데 우리나라 국민이라면 누구나 봐야 할 가슴 뭉클한 영화였다. 제목 도 좋았다.

나는 국회 의원회관 대회의장을 빌려서 여·야정치권과 각국 외 교사절을 초청해 이 영화를 다 같이 보고 독도를 널리 홍보하려고 했다. 하지만 내 바람처럼 되어주지 않았다.

시사회 당시 미디어 법 때문에 여야 의원들의 대립이 극심한 상황이었다. 통과를 시키려는 쪽과 막으려는 쪽이 서로 몸싸움을 준비하고 있었다. 얼마나 살벌했던지 당시 여의도 국회의사당 주위에 전경들이 둘러싸고 있을 정도였다.

그 때문에 참석하겠다던 외교사절들도 불참 소식을 통보해왔고 국회의원들도 두세 명밖에 참석하지 않았다. 이런 영화는 국회의원들이 같이 보면서 응원도 해주고 홍보도 해줘야 하는데… 영화 관계자들에게 참 미안했다. 독도에 대한 무관심에 참 속상한 순간이었다. 나도 영화 제목처럼 독백을 했다.

"미안하다. 독도야."

처음은 순탄치 않았지만 그래도 독도를 위해 할 수 있는 일은 더 열심히 하겠다고 다짐했다. 국회 독도특위위원장으로서 그 다음에 한 활동은 독도 특별법을 만드는 일이었다. 우리의 독도를 세계 속에 심고 있는 사람들에게 지원을 해줄 수 있는 법안이었다. 그렇게 우리 민간외교사절단체인 '반크'에 예산을 지원할 수 있는 제도적 장치를 마련했다.

그 다음으로 실제적인 독도 홍보에 나섰다. 독도는 당연히 한국의 영토이다. 하지만 정작 독도가 한국 땅이라는 사실을 전 세계에 알리는 데는 노력이 많이 부족한 실정이다. 그래서 독도특위 위원장으로서 독도와 관련된 전 세계 한민족 조직체를 만들기 시작했다. 동북아역사재단과 독도연구소가 함께 나섰다.

전 세계에 흩어져 있는 해외 동포들이 나서서 독도가 한국 땅이라는 것을 외국인들에게 알리고 우리 국민들과 교포들이 독도를 통해서 조국을 사랑하는 마음을 하나로 모을 수 있도록 하려는 목적이었다. 독도를 매개로 해서 해외 동포 등 교포 사회를 조직화시킬 수 있는 일이기도 했다. 이름 하여 '해외 독도 지킴이'다.

첫 성과물이 나왔다. 2008년 11월 독도특위위원장으로서 미국을 방문해 워싱턴 DC, 뉴욕, 로스앤젤레스 등지를 돌며 미국 동포들과 함께 해외 독도 지킴이 발대식을 가졌다.

뿐만 아니라 방문단은 미 연방하원 의원, 미 의회 도서관 조사국의 전문가, 연구기관의 연구원들을 폭넓게 만나 독도가 한국 땅임을 알렸다. 아울러서 독도가 대한민국 영토라는 것이 표시된 고지도 '아국총도'를 전달했다. 독도 지킴이 발대식은 부시 미 대통령의 마음을 움직였다. 독도가 미 지정 주권지역에서 한국 령으로 바로잡혔다.

부시 미 대통령의 마음을 움직이는 데는 캘리포니아 소속 하원의원들의 서명 편지가 있었고 그 뒤에는 해외 동포들이 있었다. 한민족 해외 동포들은 200만 명에 이른다. 일본인 동포는 50만 명인 것에 비하면 4배가 넘는다. 미국 정치인들에게 무시 못할 영향력을 행사할 수 있었다.

독도를 사랑하는 마음은 점차 전 세계 동포들을 하나의 끈으로 묶어가고 있었다. 독도문제를 두고 해외에서 동포들의 마음이 하나로 모이는 과정은 감동 그 자체였다. 해외 동포들도 이렇게 노력을 해 주고 있는데 이제는 정치인들과 우리 국민들이 노력할 차례이다.

역사를 지키자

역사 왜곡 문제에도 국회의원들이 가만히 있어서는 안 되겠다는 생각이 들었다. 그렇게 2013년 5월 8일 '올바른 역사교육 국회의원

모임'을 만들었다. 중국의 동북공정과 일본의 독도 영유권 침해 등
에 대하여 제대로 대응하기 위해서였다.

　여·야 의원 93명이 참여한 이 모임에서 우리는 먼저 일본 정부
에 사죄를 요청하기로 했다. 5월 10일에는 일본 국회 자민당 오쓰
지 히데히사 회장에게 항의서한을 전달했다. 야스쿠니 신사 참배
를 중단할 것을 요청하는 서한이었다. 그뿐만 아니라 앞으로 한국
사 조사 활동 등을 이어가기로 했다. 역사가 바로 서지 않으면 나
라가 바로 설 수 없다는 단호한 입장에서 적극적으로 나서게 됐고
그러다 보니 내가 대표를 맡게 됐다.

　"역사를 잊은 민족에게 미래는 없다."라고 단재 신채호 선생이 말
했다. 그러나 우리나라 역사교육의 현실은 정말 미약한 실정이다.
초등학교, 중학교 때 역사교육 시간이 얼마 되지도 않을뿐더러 고
등학교에서조차 입시나 시험만을 위해 잠깐 하는 정도에 그친다.

　다른 나라들이 초등학교부터 역사를 철저하게 가르치고 있는 것
과 상반된다. 그래서 현재 대입 시험에 역사 과목을 필수적으로 포
함시켜야 한다고 생각한다.

작년에 나왔던 〈각시탈〉이라는 드라마에서 봤듯이 우리 조상들은 고난을 참고 모든 것을 내려놓은 채 조국을 위해 싸웠다. 우리는 그 역사를 잊으면 절대 안 된다. 지금이라도 국회의원들이 앞장서서 우리 역사를 알리고 우리 영토와 주권을 수호하는 일에 앞장서야 한다.

나의 하루

나의 하루는

TV나 신문 등에서 국회의원들이 많이 풍자된다. 물론 잘못된 부분은 질책을 받아야겠지만 국회의원의 일정은 생각보다 만만치 않다. 평소 일과는 빽빽하다. 새벽부터 밤늦게까지 정신이 없다. 24시간이 모자라다.

그래도 내가 최대한 짬짬이 하는 것들이 있다. 우선 아침에는 국회 체력단련실에서 운동을 한다. 체력 관리를 위한 최소한의 노력이다. 평소에 운동을 해두지 않으면 바쁜 일정들을 소화할 수가 없다.

중간 중간에 틈나는 대로 페이스북과 트위터를 한다. 솔직하게 말하자면 처음에는 보좌진들에게 맡겨두었다. 시대적 흐름이라 국회의원 원유철을 홍보하려면 무조건 해야 한다고 들어서 시작했기 때문이다. 하지만 페이스북과 트위터에 즉각적으로 반응이 오는 것을 보면서 재밌고 신기했다.

페이스북과 트위터를 이용하면 직접적으로 국민들과 소통할 수 있다는 것을 깨닫고 직접하기 시작했다. 민심을 바로 읽을 수 있어서 좋고 실제 정치에도 도움이 된다. 페이스북과 트위터에 올라온 의견들을 실제로 최고중진회의에 참석할 때 발언에 참고하는 경우도 많다.

페이스북과 트위터를 하면서 정치인 원유철이라기보다 인간 원유철을 보여주고 싶어졌다. 그래서 19대 총선 때 파마를 하고 있는 사진을 올렸다. 일간지에 짤막하게 실릴 정도로 반응이 뜨거웠다.

최근에는 아들이 끓여준 라면 사진을 올렸다. 평소 자주 야식으로 라면을 먹는데 가끔씩 아들이 끓여준다. 재미삼아 사진을 올렸는데 이 사진 역시 댓글이 엄청나게 달렸다. 이러한 소소한 일상이 이야깃거리가 되고 허물없이 대중과 소통하는 데 더 큰 힘을 발휘

하기도 한다. 앞으로도 많은 분들이 페이스북과 트위터에 들러주셨으면 한다. 힘닿는 데까지 귀 기울이고 답변 드릴 것을 약속한다.

그리고 내가 빼놓지 않고 하는 일 중에 하나가 일요일 날 개그콘서트를 보는 것이다. 일요일 개그콘서트 하는 시간은 되도록 일정을 잡지 않는다. 개그콘서트는 한 주 동안의 낙이다. 일상을 살아가면서 웃을 일이 많지 않다.

지역 주민들을 만나서 그들의 고민을 듣다 보면 나 역시 근심이 생기고 그들이 당한 부당함에 화가 난다. 그리고 정치권에서 벌어지는 일들을 겪다보면 스트레스가 참 많이 쌓인다. 요즘은 하루가 멀다고 어찌나 많은 일들이 터지는지…. 개그콘서트를 보면서 웃다 보면 일주일 동안 쌓인 스트레스가 확 풀린다.

개그콘서트 출연자 중에서는 김원효 씨, 김준현 씨, 신보라 씨를 좋아한다. 김원효 씨와 김준현 씨는 비상대책위원회를 할 때 완전히 반했다. 한동안 친한 동료들에게 '안돼' '고뤠' 이런 유행어를 많이 썼었다. 신보라 씨는 다양한 코너에서 활약하고 계신데 정말 끼가 넘치는 것 같다.

내가 의정활동을 하는 데 있어서 한 가지 약점이 있다. 바로 주량이 약하다는 것이다. 소주를 한 병 이상은 마시지 못한다. 지역 주민들을 만나다 보면 행사에도 참석하고 상갓집도 들를 일이 많다. 그때마다 주민들이 나에게 꼭 술을 권하시는데 한 잔 정도는 괜찮지만 계속 권하시면 힘들다.

다음 일정들에 엄청난 차질이 생기기 때문이다. 그리고 국회의원이 얼굴이 빨개진 채로 여기저기 돌아다니는 것도 좀 난감하다. 반갑다고 주시는 건데 차마 완강하게 거절하지도 못하고…. 이 책을 보신다면 아무리 반가우시더라도 술은 한 잔만 주셨으면 한다. 한 잔은 정말 맛있게 마시겠다!

마지막은 아내와의 산책이다. 퇴근 후에 아내와 동네 앞에 있는 나의 모교, 송북초등학교 운동장을 30~40분 정도 산책하면서 가끔씩 닭살 돋는 얘기도 하고 힘들었던 일, 재밌었던 일들을 얘기한다. 아내와 산책을 하다 보면 시간이 얼마나 빨리 가는지 모른다. 그렇게 하루를 마무리하고 내일을 준비한다.

가장 귀중한 보물, 가족

나는 시간이 있을 때마다 최대한 가족과 함께하려 한다. 내 아내는 하느님이 나에게 보내주신 수호천사다. 한시도 내 곁을 떠나지 않고 나를 지켜줬다. 계속 학업을 하고 있었고 군 입대를 앞둔 나를 믿고 평생을 반려자로 선택해줬다.

그리고 내가 정치에 뛰어들어 돈을 벌어다주기는커녕 돈을 가져다 쓰기만 했을 때도 묵묵히 내 옆에 있어줬다. 아마 다른 여자였으면 나는 금방 버림받았을 것이다. 내 아내, 서세레나 정도는 되니까 참아준 것이다. 그녀가 천주교 신자여서 참 다행이다. 종교가 없었다면 그녀의 인내력에도 한계가 왔을지도 모른다.

그리고 내가 멀쩡한 회사를 다니다가 관두고 무소속으로 도의원에 출마한다고 했을 때도, 또 다시 무소속으로 국회의원에 출마한다고 했을 때도 나를 믿고 따라줬다. 그리고 오히려 내게 용기를 속삭여줬다. 그리고 정말 고마운 것은 국회의원의 아내로서 받는 스트레스를 잘 견뎌 주고 있다는 것이다. 이것은 우리 세 아이들에게도 고마운 점이다.

국회의원 가족으로 산다는 것은 얼핏 보기에 부러워 보일지 모른다. 어떤 모임에 가서 '내 남편이 국회의원이다, 우리 아버지가 국회의원이다.'라고 말하면 어깨를 으쓱할 수는 있을 것이다. 하지만 알고 보면 불편한 점이 더 많다.

평소 행동거지 하나하나를 조심해야 한다. 사람들의 시선이라는 것이 그렇다. 만약 아내가 큰 맘 먹고 백화점에서 비싼 가방이라도 하나 사면 국회의원 아내가 사치스럽다느니 이런 소문이 돌 수도 있다. 특히 우리 아이들의 경우, 더 스트레스를 받았을 것이다.

학교에 다니면서 선생님은 물론 친구들조차 의식을 해야 했다. 특히 오해를 받지 않으려고 사고치지 않으려고 부단히도 노력했다고 한다. 학창시절의 추억인 수업시간에 떠드는 것도, 야간 자율학습을 도망가는 것도 마음대로 못했다니 부모로서 미안해진다.

이참에 우리 아이들 얘기를 해야겠다. 첫째 아들 국재는 28살, 둘째 아들 혁이는 25살이다. 막내 딸 해인이는 고3 수험생이다. 내 두 아들 모두 육군 병장으로 자랑스럽게 제대했다. 두 아들 모두 국회 국방위원장 시절에 군대를 다녀왔다.

국회 국방위원장 아들이라서 군 생활이 더 피곤했다며 나에게 하소연을 많이 했다. 간부들이 '아버지가 국회 국방위원장이라는 거 믿고 군 생활 대충하려는 구나.'라는 생각을 할까봐 군 생활을 더 열심히 해야 했단다.

그리고 아버지가 국회 국방위원장이라는 것을 알고 고참들이나 동기들이 '선풍기 좀 더 달아달라고 해라.' '운동기구 좀 더 들여와 달라고 해라.' 'IPTV 좀 설치해 달라고 해라.' 이런 자잘한 요구들을 했다고 한다. 아버지가 걱정할까봐 내색도 않고 묵묵하게 견뎌 준 아들들이 대견스럽다.

둘째 아들 원혁이는 말년 휴가를 나온 병장임에도 머리를 짧게 잘랐다. 제대하는 날까지 자신의 본분에 충실한 모습이 보기에 듬직했다. 그만큼 씩씩한 아들이다. 첫째 아들 국재는 은근히 속이 깊다. 군대를 조금 늦게 갔는데 국회 국방위원장인 아버지에게 부담이 될까봐 지진이 일어난 아이티의 재건을 돕는 단비부대에 지원했다. 공병으로 열심히 아이티 재건을 돕고 돌아왔다. 정말 든든한 두 아들이다.

막내 딸 해인이에게는 늘 미안하다. 96년 2월, 딸 해인이가 출산

가족사진

예정일보다 한 달 가량 먼저 세상에 나왔다. 4월에 선거인 나를 생각해서 아내는 조산을 택했던 것이다. 우리 딸은 시력이 좋지 않다. 왠지 일찍 세상에 나온 탓인 것 같아 볼 때마다 안쓰럽고 미안하다. 하지만 우리 딸은 늘 밝고 씩씩하다. 딸은 디자이너가 꿈인데 그림을 곧잘 그린다. 내 생일마다 선물로 그림을 그려다 주곤 한다. 예쁜데 성격도 좋고 그림도 잘 그리니, 훗날 누가 데려갈 지 모를 일이지만 그 녀석은 정말 땡잡은 거다.

나는 이렇게 재충전을 하면서 하루를 마감한다.

당원들과 함께 즐거운 한때

Part **3**

끈기

협상은 용광로와 같다. 양보와 타협으로 서로 다른 것들을 녹여내고 묶어내는 기능을 해야 한다. 정치 또한 마찬가지이다. 여야 간의 차이를 하나로 묶어내어 이끌어내는 것이 정치이다. 물론 이 과정은 순조롭지만은 않다.

포기하지 않는 끈기로 갈등을 이겨내고 통합을 위해 노력할 때에만 통합은 이루어질 수 있다. 이렇게 통합이 하나씩 이뤄질 때마다 세상이 한 단계씩 더 발전할 것이라고 나는 믿는다.

'절차탁마切磋琢磨'

학문과 덕행을 배우고 닦음을 일컫는 말이다. 원래는 톱으로 자르고 줄로 쓸고 끌로 쪼며 숫돌에 간다는 뜻으로 하나의 좋은 것을 만들기 위해 끊임없이 연마한다는 뜻이다. 패기만으로 부딪친 정치 생활은 결코 탄탄대로가 아니었다. 정치는 험난한 고난의 여정이었다.

부족함이 많았고, 뼈를 깎는 노력이 필요했다. 좋은 일도 겪었지만 때로는 쓰라린 실패도 겪어야 했다. 실패와 좌절에도 낙심하지 않고 다시 일어설 수 있는 힘, 끈기가 필요한 때였다. 그 무엇보다도 나를 갈고 닦아야 했기에 나는 어느새 이 말을 내 좌우명으로 삼고 있었다.

그렇게 한 가지씩 배워갔다. 한 가지씩 성장해나갔다. 천천히 나무가 자라듯 나는 정치에 대한 나의 시선을 넓혀갔다. 때로는 겨울이 찾아왔지만 끈질기게 봄이 돌아오길 기다렸다.

나는 좌절할 때마다 수없이 스스로에게 외쳤다. 한 번의 기회에서 떨어졌을 뿐, 내 인생에서 실패한 것은 아니라고. 지금 4선의 중진 의원까지 올 수 있었던 것은 인내로 끝까지 포기하지 않은 결과였다.

나의 끈기로 이루었던 정치 여정에 대해서 말해보고자 한다.

어떻게든 지켜야 한다
— 쌍용자동차

내겐 너무 아픈 손가락

열 손가락 깨물어서 안 아픈 손가락은 없다지만 내게는 조금 더 특별하고 신경이 쓰이는 손가락이 있었다. 바로 쌍용자동차였다. 쌍용자동차는 단순히 회사 하나의 문제가 아니라 너무 많은 사람들이 얽혀 있는 문제였다.

쌍용자동차가 평택지역 경제에서 차지하는 영향력은 엄청나다. 쌍용자동차 사태가 일어나기 전까지 쌍용자동차는 협력 업체를 포함해서 약 1만 명 정도의 고용 창출 효과를 냈다. 4인 가족 기준으로 보면 약 4만 명의 생계가 쌍용자동차에 달려 있는 셈이다.

2009년 7월, 쌍용자동차는 2,646명의 노동자를 정리해고하겠다는 발표를 했다. 하루아침에 해고당한 노동자들은 파업을 시작했다. 즉각 현장에 노동자와 사측 간, 대립선이 그어졌다. 살고자 하는 양측의 논리가 첨예하게 대립했다. 대치 현장은 전쟁터를 방불케 할 정도로 긴장감이 맴돌았다.

생존권이 달려 있는 노조를 이해할 수 있었고 회사의 붕괴를 막기 위해 어쩔 수 없다는 사측 입장도 일리가 있었다. 노조 측도 만나보고 사측도 만나봤지만 답은 나오지 않았다. 그러나 이대로 가만있을 수는 없었다. 농성과 대치 수위가 갈수록 위험한 지경에 이르고 있었다. '이러다가는 용산참사 같은 비극이 또 발생할지도 모른다.' 그런 생각이 드니 아찔했다. 그래서 나는 재빨리 노사 중재단을 구성했다.

노사 중재단은 다행히 쌍용자동차 사태의 심각성을 인지한 여야의 협조로 인해 당시 여야에서도 영향력이 있는 사람들로 꾸며질 수 있었다. 나는 당시 한나라당 경기도당위원장과 행정안전위원회 여당 중진 의원으로서 경찰에 대한 영향력을 행사할 수 있는 위치에 있었다. 그리고 야당의 3선 의원으로 같은 평택 지역구인 정장선 의원이 함께했다. 또한 노동계를 아우를 수 있는 민주노동

쌍용차 중재단 활동

당 권영길 의원에 송명호 평택시장까지 가세해서 7월 20일에 노사 중재단이 구성됐다.

　이틀 동안 중재단과 노사 대표단이 만나 장시간 대화를 나눴다. 이 자리에서 노사 양측은 사태를 평화적으로 해결하고자 하는 서로의 의지와 대화에 의한 협상의 원칙을 재확인했다. 일단 이것만으로도 한시름 놓을 수 있었다. 그리고 중재단은 이 자리에서 빠른 시일 안에 양측이 직접 대화를 나누라고 권고했다.

　그 후 2009년 7월 30일, 42일 만에 노사가 직접 대화를 나눴고 3

일간의 마라톤 교섭이 이어졌다. 잠시 희망이 보였지만 다시 상황은 원점으로 돌아가고 말았다. 8월 2일에 협상이 결렬된 것이다. 상황이 긴박하게 돌아갔다. 급기야 8월 4일에는 경찰의 진압작전이 개시됐다. 나는 노사 양측의 충돌을 막고 타협점을 찾을 수 있는 시간을 벌기 위해 공권력 투입을 최대한 지연시켰다. 경찰청장을 만나 언성을 높이기도 하고 달래기도 했다.

"이러다 인명사고라도 나면 책임질 겁니까?"

"조금만 더 참아줘요. 그래야 협상을 하죠. 저렇게 하면 해고자들 반발감만 더 생깁니다."

중간 중간 채권단을 찾아가 회생 지원 방안을 논의했다. 노측과 사측 모두 한 발짝씩만 물러나라고 설득을 시켰다. 결국 노사 관계자들의 마음이 점차 누그러지기 시작했다. 사태를 평화적으로 해결할 수 있길 바라는 마음이 다들 있었기 때문이었다. 다른 중재단 구성원들 역시 자신의 위치에서 최선을 다하고 있었다. 그 며칠 동안이 얼마나 긴박했는지 현장에 가보지 않은 사람들은 모를 것이다.

마침내 8월 6일, 노사가 극적으로 타결을 했다. 77일 만에 노조의 파업이 끝난 것이다. 평화적으로 타결됐다는 것에도 큰 의미가

있었지만 여야가 힘을 합쳐서 노사를 중재했다는 것에도 큰 의미
가 있었다. 앞으로도 대한민국 정치사에 오래 남을 여야 간의 합동
의 장이었다.

협상이 타결된 후에도 쌍용차를 정상화시키기 위한 나의 노력은
끝나지 않았다. 쌍용자동차 중재단에서 쌍용자동차 지원단으로
모습을 바꾸었다. 먼저 쌍용자동차 회생 계획안을 통과와 쌍용자
동차 신차 개발이 원활히 진행될 수 있도록 힘을 보탰다.

뛰고 또 뛰었다. 노조원들을 찾아가서 격려하는 동시에, 쌍용차
정상화를 위해 거리에서 노조원들과 캠페인을 다니기도 했다. 쌍
용자동차 원가를 절감할 수 있도록 부품 인프라 개선을 위해 노력
했고, 쌍용자동차가 군납이 될 수 있도록 국방위원장으로서도 힘
을 썼다. SUV 자동차 특소세 인하도 요청했다.

이런 노력 끝에 지금 쌍용자동차는 서서히 다시 예전의 모습을
되찾고 있다. 최근 신차들이 연달아 나오면서 소비자들에게 좋은
인상을 주고 있는 것이다. 쌍용자동차가 다시 약진하고 있는 모습
을 보면 나도 모르게 미소가 지어진다.

쌍용자동차, 다시 비상을 꿈꾸다

하지만 그렇다고 해서 쌍용자동차 사태가 말끔하게 해결됐다고만은 할 수 없다. 아직도 현장에 복귀하지 못한 해고된 노동자들이 있기 때문이다. 쌍용자동차 사태 해결을 자랑스럽게만 이야기할 수 없는 이유다.

난 지금도 사측을 만나서 해고 노동자들의 복귀를 주문하고 있다. 사측과 쌍용차의 여러 현안을 얘기하다가도 늘 마지막 이야기는 무급휴직자와 비정규직 해고자 문제 해결로 마무리 짓는다. 뿐만 아니라 노조를 찾아가 무급 휴직자와 비정규직 노동자에 대한 노조 차원의 적극적 관심을 가져달라고 당부하기도 했다.

올해 1월에 무급 휴직자, 희망 퇴직자, 심지어는 정리 해고자까지 단계적으로 노사합의를 전제로 복직을 가능한 빠른 시일 내에 추진하겠다는 답변을 쌍용차 대표이사에게서 들을 수 있었다. 사측에서 쌍용차 경영 정상화라는 단서를 붙이긴 했지만 그나마 한숨 돌릴 수 있는 소식이었다.

며칠 지나지 않아 반가운 소식이 들려왔다. 쌍용자동차 무급 휴직자 455명이 전원이 복귀했다는 소식이었다. 노조와 노동자들만큼이나 쌍용자동차 사태의 해결을 간절히 기다리고 있던 나에게는 정말이지 마른 가뭄에 단비와도 같은 소식이었다.

이렇게 쌍용자동차 사태가 조금 수그러들 기세를 보이던 차에 정치권에서 쌍용자동차 국정조사를 하겠다고 하였다. 나는 이에 반대했다. 쌍용차 사태를 덮겠다는 것이 아니다. 일단은 하루라도 빨리 쌍용자동차의 경영이 정상화되는 게 우선이라고 생각에서였다.

현재 마힌드라에서 대규모 투자를 약속했고, 쌍용차 노사는 완전 경영 정상화를 위해 서로 협력하며 함께 노력하고 있다. 이때 국정조사를 한다면 쌍용차 최대주주인 마힌드라 그룹의 투자 결정에 악영향을 끼치는 것은 물론이고 외국인 투자자들의 투자 심리도 위축시켜 경제 회복과 일자리 창출을 더욱 어렵게 만들 것이다.

이와 같은 상황에서 국정조사는 정말 어렵게 회생하고 있는 쌍용차에 찬물을 끼얹은 격이 되고 말 것이다. 무엇보다 하루라도 빨리 경영 정상화부터 이뤄야 해고된 노조원들이 복귀할 수 있다.

앞으로도 나는 해고된 노동자들의 복귀를 위해 최선을 다할 것이다. 어려운 상황을 이겨내기 위해서는 주위의 관심과 응원이 필요하다. 앞으로도 쌍용차와 해고된 노조원들, 무급 휴직자, 비정규직 노동자에게 많은 관심을 부탁한다.

무엇보다 관심과 응원은 꾸준한 것이 중요하다. 방송이나 신문 등으로 이슈가 돼서 갑작스럽게 많은 관심을 받았던 사례들은 그동안 많이 있었다. 하지만 꾸준한 관심으로 이어지는 사례들은 별로 없었던 것 같다. 순간적인 뜨거움은 일시적인 변화를 일으킬 수 있지만 근본적인 변화는 이루지 못한다. 지속적인 뜨거움만이 세상을 바꿀 수 있다.

쌍용자동차 정상화를 위해 노조원들과 함께 도보 행진

무조건 현장으로 간다

모든 대답이 있는 곳

지역구 의원으로 있으면서 주민들과 소통할 수 있는 방법으로 찾아낸 것이 바로 직접 지역 구민들을 찾아가는 현장 대화다. 현장 대화는 내가 추구하는 또 하나의 의정 활동 원칙이다. 단순히 몇 번 하는 이벤트성 행사가 아니다. 현장 대화는 내가 초선 의원 때부터 지금까지 꾸준히 열어온 나의 가장 중요한 행사 중 하나이다.

나는 최소한 1년에 동별로 2번 이상을 찾아가는 것을 원칙으로 삼고 있다. 현장 대화로 인한 민원 처리율은 최소 60%가 넘을 정도로 상당히 높은 편이다. 처리되지 못한 민원은 장기 과제로 선정해서 처리방안을 마련하고 처리결과는 꼼꼼하게 주민들에게 보고 드리고 있다.

현장 대화뿐만이 아니라 나는 바쁜 의정 활동 사이사이에도 틈틈이 시장이나 지역의 주요 거리를 방문하는 것을 항상 스케줄로 잡아놓고 있다. 이것도 현장 대화라면 현장 대화이다. 가서 사람들과 인사도 하고 맛있는 것도 사먹으며 여러 가지를 물어본다.

"요즘 살 만하시지요?"
"사람들은 많이 오나요?"
"아유, 여기 떡볶이가 엄청 맛있네요."

그렇게 여러 가지를 묻고 즐겁게 시민들과 대화를 나누다 보면 시민들이 어떤 생각을 하고 살아가는지 어떤 것에 관심을 두고 있는지 금방 알 수가 있다. 민생을 알지 않고서는 할 수 없는 것이 정치이기에 더욱 시민의 목소리에 귀를 기울이려 노력한다. 명절이나 연말, 연시에는 시장 골목과 상가마다 일일이 방문하여 주민들에게 인사를 드린다.

현장 대화를 하면서 즐거운 기억도 많다. 가장 기억에 남았던 일

은 한여름 밤에 아파트 단지 내에 있는 놀이터에서 현장 대화를 했을 때였다. 발전기를 돌려서 불을 켜고 주민들과 냉커피를 마시며 이야기를 나눴다.

분위기가 참 화기애애했다. 지역구 주민들이 스스럼없이 내게 질문을 던졌다. 국회의원과 주민 간에 정말 아무런 벽도 없이 얘기를 나눌 수 있다는 것이 참 감격스러웠다. 내가 주민들과 더 가까워지는 느낌이었고 주민들의 이야기를 직접 듣고 바로 답변해 줄 수 있으니 참으로 명쾌했다. 모기에 물리고 나방이 날아오기도 했지만 참 즐거운 시간이었다.

현장 대화를 하게 되면서 배우는 것도 많았다. 서탄면 마두 2리에서 현장 대화를 했을 때의 일이다. 마두 2리 노인회장님이 마을의 숙원 사업이라며 전봇대를 옮겨 달라고 하셨다. 마을 입구에 전봇대 위치가 잘못되어 있어서 불편이 이만저만이 아니라는 것이다. 전봇대는 한전의 도움을 받아서 어렵지 않게 처리할 수 있었다.

나는 KTX 유치, 삼성전자 유치 등 굵직하고 큰일들이 지역 주민의 미래를 위한 일들이라 생각하고 매진해왔다. 하지만 현장 대화를 하면서 '손톱 밑의 가시가 가장 아픈 것'이라는 사실을 깨닫게 됐다. 주민들의 불편함이 현장에 있었고 그 해결책도 현장에 있었다.

앞으로도 내가 해왔던 초심 그대로 주민들과 함께 불편함을 나누고 내 진심을 전할 수 있는 이 시간을 계속 갖도록 할 것이다.

빈손으로 돌아오진 않는다

협상을 하러 가면 꼭 이렇게 다짐을 한다. '빈손으로 돌아오지 않겠다.' 이런 각오와 정신이 있어야 끈질기게 협상을 좋은 쪽으로 이끌어올 수 있기 때문이다. 그렇게 끈기와 인내로 협상해온 결과,

나는 자칭 '협상의 달인'으로서 꽤 많은 성과를 올릴 수 있었다. 그동안 내가 올렸던 실적(?)들을 소개해볼까 한다.

우선 평택지원특별법이 있었다. 평택지원특별법이란 주한 미군기지 이전에 따라 2014년 말까지 한시적으로 제정된 특별법을 말한다. 약 18조 8,000억 원에 달하는 민간 지원과 정부 지원, 그리고 투자를 원활하게 만들기 위해 수도권 규제 법안들을 일시적으로 풀어주는 것이 핵심이다.

이 특별법은 평택의 지역발 전을 이끌 수 있는 아주 중요한 법이다. 미군 기지 이전 사업은 애초 2012년까지 예정돼 있었지만 주한 미군 이전 사업이 계획과는 다르게 2014년으로, 다시 2016년으로 연기됨에 따라서 특별법 유효기간의 연장 필요성이 강하게 제기돼 왔다. 평택지원특별법은 2014년까지여서 연장이 더 필요했다.

특별법의 연장을 위해 나는 국방위원들과 국무위원들의 동의를 받으려고 정말 많이 뛰어다녔다. 여야를 가리지 않고 만났다. 동의를 해줄 때까지 계속 전화도 하고 만나러 다녔다. 또한 국회 본회의에서 발언을 함으로써 국무위원들과 동료 의원들을 설득시켰다.

그 결과 평택지원특별법은 2018년까지 연장될 수 있었다. 평택지원특별법이 4년 연장됨에 따라 각종 지원 대책의 효력 역시 2018년까지 연장됐다. 주한 미군 기지가 통합 이전되는 평택시에 대한 정부 지 원사업인 평택 지역 개발 계획이 다시 탄력을 받아 추진될 수 있게 된 것이다.

또 하나의 성과로는 고덕국제신도시 보상 건이 있다. 주한 미군 기지 이전에 따른 국제화 지구로 고덕에 신도시 조성이 계획되었다. 앞으로 경기도와 평택시를 발전시켜 줄 것으로 기대되는 아주 큰 사업이었다. 고덕국제신도시의 규모는 약 528만 평으로 분당 신도시와 맞먹는 크기의 엄청난 프로젝트였다.

그러나 사업 도중 LH 공사가 재정난에 휩싸이게 되면서 토지보상 문제가 발생했다. 그로 인해서 평택은 아수라장이 됐다. LH 공사의 사업 개시만 믿고 토지보상을 전제로 은행권에서 대출받았던 시민들이 많이 있었다. 시민들의 금융부담은 끔찍한 상황으로 이어질 수도 있었다. 지역 주민들이 겪을 고통을 생각하면 잠이 오지 않았다. LH 공사를 찾아가서 따지고 하소연했다.

"국가와 정부의 정책을 믿고 주민들이 대출을 받았습니다. 백지화되면 정말 여기저기서 죽는 소리 납니다.”

“고덕국제신도시도 백지화가 된다면 주한 미군 이전 사업도 전면 백지화해야 하는 것 아닙니까?”

하지만 LH 공사는 이미 자력으로 사업을 진행할 수 없는 상태였다. 고덕국제신도시 토지보상과 고덕국제신도시 추진의 시급함을 설명하기 위해 국토부 장관, 대통령실장 등 여러 사람을 만났다. 그것만으로도 확답을 들을 수가 없었다.

그러던 중 대통령을 만날 기회가 생겼다. 그 자리에서 다른 건 생각하지 않고 토지 보상 문제를 직접 건의했다. 다행히 대통령께서 결단을 내려주어 보상 문제는 해결할 수 있었다. 하지만 또 하나의 문제가 있었다. LH 공사가 맡고 있었던 미군기지 이전 2단계 사업 불참을 검토하기 시작한 것이다. LH 공사는 부동산 경기가 어려워지자 사업성 문제를 검토하더니 결국 사업 불참을 선언했다.

산 넘어 산이었다. 그러나 가만히 있어서 걱정만 하고 있을 수는 없었다. 그 당시에는 내가 국회 국방위원장이었다. 미군기지 이전 사업의 주체는 국방부다. 국방부가 직접 주관하게 한다면 사업이 차질 없이 진행될 수 있을 거라 생각했다.

하지만 국회 국방위원장이라고 해서 마음대로 할 수는 없었다. 정부 예산을 따오고 방침을 다시 한 번 확고히 하려면 국방부뿐만 아니라 청와대, 국회와 행정부 전역에서 지원을 받아야만 했다.

먼저 국방부 장관을 만나 주한 미군 기지 이전 사업을 국방부가 직접 주관하는 국가재정 사업으로 전환시키고 계획대로 추진할 수 있게 해달라고 부탁했다. 그리고 또 다시 뛰어다니며 여러 사람들을 만나 미군기지 이전 사업을 지원해줄 수 있도록 거듭 부탁했다.

백방으로 노력한 끝에 결국 주한 미군 기지 이전 2단계 사업은 국방부가 맡은 국가 재정 사업이 되었다. 고덕국제신도시 사업이 차질 없이 진행된 것은 물론 주한 미군 기지 사업 또한 평택 주민들에게 피해를 끼치지 않고 진행할 수 있게 된 것이다.

발로 뛰어 해결하라

삼성전자는 평택시 고덕국제신도시 내 산업단지에 120만 평 대규모의 미래 전략 산업 분야 공장을 세우기로 했다. 투자 규모가 100조 원에 이를 만큼 엄청난 규모의 프로젝트이다.

삼성고덕산업단지 기공식

사실 이 사업은 경기도 정무부지사 시절부터 시작해왔고 2008년 6월부터 2년간 경기도당위원장이 되어서부터 김문수 경기도지사와 함께 이른바 '삼성 프로젝트'를 본격적으로 추진해왔다.

고덕국제신도시에 세계 최대 규모 삼성전자 전용 산업단지 조성이라는 초대형 프로젝트를 극비리에 추진했고 결국 2008년 7월에는 경기도와 삼성전자, 평택시, 경기도시공사 등이 참석한 가운데 비공개 MOU를 체결하게 되었다. 너무 떨리고 흥분되는 순간이었다. 비공개로 체결된 거라 어디다 자랑도 하지 못했다. 결국 그 프로젝트가 열매를 맺어 이러한 결과를 낳게 되었다.

삼성전자 단지가 완공되면 일자리가 창출되는 것은 물론 지방세 유발효과까지 볼 수 있다. 또한 창출된 일자리가 평택 시민들에게 우선적으로 돌아갈 수 있도록 현재 협의 중에 있다. 지역 발전과 일자리 창출, 이 두 마리 토끼를 잡을 수 있게 된 것이다.

일을 처리하기 위해선 부지런하게 뛰어다녀야 한다. 하지만 부지런하게 뛰어다녔음에도 불구하고 이처럼 성과가 천천히 나타나는 경우들이 꽤 있다. 그렇기에 빨리 성과를 보려고 해서는 안 된다. 빨리 성과를 보려고 하다가는 일을 그르치는 경우가 많다. 일은 부지런하게 하되 거시적인 안목을 가지고 인내로 준비하고 기다려야 한다.

시민들의 발이 되어

지금까지는 크고 굵직굵직한 일들에 대해서만 말했지만 그런 일들만 벌였던 것은 아니다. 고덕신도시처럼 큰 사업은 아니지만 시민들의 행복을 위해서 빼놓을 수 없는 사소하거나 작은 일들에 대해서도 난 신경을 쓰려고 노력했다.

우선 첫째로 한 것이 시민들의 주거 안정을 위해서 열심히 뛰어다닌 것이다. 집이란 단순히 외부 환경으로부터 안전하게 가족을 지키기 위한 장소의 의미를 뛰어넘는다. 가족 간에 정을 나누고 유대를 만들어가는 화합의 장소이자, 사람들이 몸과 마음에 쉼을 취하는 안식처이기도 하다.

나 역시 젊은 시절에 여기 저기 단칸방으로 이사를 다녀야 했기에 집의 소중함을 누구보다도 잘 알고 있다. 주거지가 불안하면 직장 생활, 학교 생활 등에서 얻은 긴장감을 해소할 수 없고 정서적인 안정을 찾을 수가 없다. 주거지가 안정되어야 출산도 늘어난다.

그래서 내가 해결한 민생 현안 중 하나가 국민임대아파트 임대료 동결이었다. 임대료가 오르면 주민들은 집을 유지하기 위해 많은 불편을 감수해야 했다. 심지어 집을 내놓아야만 하는 사람들까지도 있었다. 시민들의 주거 안정을 위해서 임대료 동결은 꼭 해결하고자 했다.

임대료 동결을 위해 주택공사 경기지역 본부장과 부사장 등을 찾아가 논의를 했다. 당 정책위원회에도 임대아파트 임대료 동결을 위한 건의서를 제출하는 등 여러 노력을 기울였다.

이리저리 발로 뛴 노력 끝에 간신히 동결 약속을 받아낼 수 있었다. 그러자 생각지도 못했던 감사패가 돌아왔다. 그저 내가 해야 할 일을 한 것뿐인데 입주민들이 내게 감사패를 주신 것이다. 감사패를 받자 가슴이 찡했다. 그 동안 얼마나 가슴을 졸이셨을지 감사패를 받고 나서야 시민들의 간절한 맘을 깨달을 수 있었다. 그 감사패를 되새기며 더 열심히 뛰고 있다.

2011년, 부영아파트가 1차로 분양 전환이 되고 남은 잔여 세대에 대한 분양 전환이 이루어지지 않아서 임차인들의 재산상 피해가 가중되고 있다는 소식을 들었다. 그래서 2011년 5월부터 주민들과 함께 잔여 세대들을 분양시키기 위해 노력했다.

내가 맡은 역할은 주식회사 부영을 설득시키는 일이었다. 설득은 다른 게 없었다. 설득은 입으로 하는 것이 아닌 발로 하는 것이었다. 또 다시 발로 열심히 뛰어서 주민들과 함께 바쁘게 움직인 결과 회사를 설득시킬 수 있었다.

결국 2011년 말에 253세대의 분양을 완료할 수 있었다. 주민들은 감사의 표시로 내게 다시 한 번 감사패를 주셨다. 그 감사패는 무엇보다도 값진 가치를 지니고 있었다. 주민들과 함께 해냈다는 의

미도 있었고 지켜야할 소중한 사람들을 지켜냈다는 의미도 있었다. 정말 기분 좋은 일이었다.

주거 안정을 위한 또 하나의 공약은 도시가스 보급이었다. 가스관을 통해서 안전하고 편하게, 그리고 싼 값에 보급되는 도시가스의 혜택을 누리지 못하는 경기도민들이 아직도 많이 있었다.

그 이유는 현행 도시가스 사업법에 따라 도시가스의 도매는 한국가스공사가 맡고 있었지만, 나누어 파는 산매는 민간 가스 회사들이 맡고 있기 때문이었다.

그랬기에 아파트촌처럼 설치가 쉽고 투자비가 적은 곳에 먼저 공급하고 설치가 어렵고 투자비가 비싼 개별 주택 등은 피하려고 했다. 독점 지위라서 이런 경향이 더 심할 수밖에 없었다.

많은 경기도의 주민들이 도시가스 문제로 고통 받고 있다는 현안을 접수받은 후, 나는 선거 때 지역 주민들에게 큰 목소리로 외쳤다.

"힘 있는 여당 다선의원을 뽑아주시면 민원 해결이 쉬워질 것입니다. 도시가스 보급문제를 해결해 드리겠습니다!"

그래서 도시가스 공급을 의원실 최대 현안으로 추진했다. 설득은 또 발로 뛰어다니며 했다. 부지런히 도시가스 업자들을 만나 귀찮게 사정도 하고 으름장도 놓았다. 결국 18대 국회의원으로 뽑힌 다음 날부터 지금까지 대략 3,000 가구 이상 도시가스 보급을 늘릴 수 있었다. 지역에 도시가스 공급이 늘어나는 것을 보면서 참 보람되고 즐겁다. 도시가스의 따뜻함이 내 마음도 따뜻하게 만들어 주었다.

동료 의원들이 가끔씩 물어본다. 그렇게 사업수완(?)이 좋은 비결이 뭐냐고. 그런데 사실 비결이랄 것이 없다. 내 협상의 성공 비결은 단지 발로 뛰어 현장에 직접 가는 것이었다. 가서 직접 현 상황을 보고 조정을 하는 것이 전화나 서면으로 하는 것보다 훨씬 성공률이 높았다.

상황을 빨리 그리고 정확하게 이해할 수 있기도 했고, 발로 찾아갔을 때 무엇보다도 설득의 호소력이 높아졌다. 전화나 서면으로는 사람의 진심이 잘 전달되지 않을뿐더러 정성도 느껴지지 않기 때문이라고 난 생각한다.

협상에서 상대방과 나의 요구를 객관적인 입장에서 바라보는 것도 중요하다. 그러기 위해선 먼저 나를 내려놓고 상대방 입장에서 바라봐야 한다. 그렇게 해야 객관적으로 바라볼 수 있기 때문이다. 사실 누구나 생각할 수 있는 것이지만 막상 협상을 시작하면 잘 지켜지지 않는 경우가 많다. 협상 현장에서는 서로 자기 입장을 관철시키는 데에만 바쁘기 때문이다.

그러다 보면 협상은 전혀 진척이 생기지 않고 미궁으로 빠진다. 결국 협상을 잘하기 위해서는 자신의 입장을 말하되, 최대한 상대방의 입장도 수용하려는 자세를 보이는 것이 중요하다.

지역 주민들과 함께

협상은 용광로와 같다. 양보와 타협으로 서로 다른 것들을 녹여
내고 묶어내는 기능을 해야 한다. 정치 또한 마찬가지이다. 여야
간의 차이를 하나로 묶어내고 이끌어내는 것이 정치이다. 물론 이
과정은 순조롭지만은 않다.

포기하지 않는 끈기로 갈등을 이겨내고 통합을 위해 노력할 때
에만 통합은 이루어질 수 있다. 이렇게 통합이 하나씩 이뤄질 때마
다 세상이 한 단계씩 더 발전할 것이라고 나는 믿는다.

평화의 전진기지를 위하여

DMZ 평화공원

군사 보호구역이 많은 한수이북 지역을 한반도 통일전진기지로 삼아야한다고 생각한다. 개성공단, 판문점도 모두 이쪽에 위치하고 있다. 한수이북 지역의 발전은 남북한의 관계와 밀접하게 연관되어 있는 만큼 앞으로 다가올 한반도의 미래와 한수 이북 지역의 미래를 위해서도 남북한 관계의 개선이 필요하다.

지금 추진 중인 DMZ 평화공원은 박근혜 대통령이 먼저 제안한 사항이다. 박근혜 대통령은 DMZ 세계평화공원추진위를 구성해서 남북한뿐만 아니라 UN 등 국제사회가 모두 참여하도록 범정부적으로 기구를 만들어서 추진할 것을 구상하고 있다. 그래서 난 현재 박근혜 대통령과 반기문 총장, 김정은 제1위원장이 3자 회담을 갖도록 제안했다.

DMZ는 분단과 대립의 상징물이다. 이곳에 남북한이 함께 평화공원을 만든다면 DMZ를 평화와 통합의 상징으로 만들 수 있다. 또한 DMZ 평화공원이 조성된다면 평화의 전진기지 역할을 수행할 수 있을 것이고 한수 이북 지역에 관광객도 유치할 수 있어 지역 경제를 발전시키는 효과도 볼 수 있다.

DMZ 세계평화공원 세미나

개성공단 중단, 그리고 재가동이 되기까지

개성공단은 남북한의 정상들이 함께 약속한 사항이다. 그 약속을 믿고 우리 기업들이 많은 돈을 들여서 공장을 짓고 시설에 투자를 했다. 그리고 남북한의 많은 근로자들이 개성공단에서 근무하기 시작했다.

북한은 한미 군사훈련 등을 문제 삼으며 우리나라를 강하게 비판하기 시작했다. 남북관계는 날이 갈수록 악화되더니 급기야 2013년 4월 3일, 북한은 우리 측 근로자의 출입을 차단했다. 근로자가 없으니 개성공단은 자연스럽게 운영을 중단하게 되었다. 우리 정부도 우리 측 인원을 철수 시켰다.

개성공단은 한쪽만 손해 보는 일이 아니다. 개성공단 폐쇄 피해는 고스란히 개성공단 업주들과 투자자, 남북한 직원들에게 간다. 정부의 약속을 믿고 입주한 업체들과 직원들은 어떻게 책임질 것인가. 정부가 주기로 약속한 피해 보상금은 입주업체들의 피해를 온전히 보장해 주기엔 너무나 적은 액수였다.

그런가 하면 개성공단에 생계를 의존하는 북한 주민 20여만 명의 생계에 대한 문제도 있었다. 또한 신뢰의 문제도 있었다. 개성 공단을 통해서 북한 주민들이 대한민국 체제에 대한 믿음과 신뢰를 확대해 나갈 수 있었다. 상징적으로 보나 경제적으로 보나 개성 공단은 중요했고, 정상화되어야만 했다.

개성공단 운영이 중단된 후 개성공단 문제는 한동안 알 수 없는 미궁으로 빠져들어 갔다. 연일 개성공단 폐쇄 문제가 붉어졌고 나를 비롯한 몇몇 정치인들은 개성공단 폐쇄를 결사반대했다. 남북 관계의 '마지막 보루'인 개성공단이 가지고 있는 정치, 경제적 의미가 워낙 크기 때문에 남북한 모두 공단을 완전 폐쇄시킬 수는 없었다.

결국 남북한 모두가 한 발짝씩 물러나게 됐고 다시 개성공단 정상화에 합의하게 되었다. 결국 개성공단은 폐쇄 위기를 견뎌내었다. 남북이 극적으로 합의를 해서 다섯 달 넘게 멈춰 섰던 개성공단이 166일 만에 재가동을 시작하게 된 것이다.

남북한은 개성공단 중단 사태 재발 방지, 투자 기업 자산 보호, 국제적 수준의 기업 활동 보장 등 공단 정상화를 위한 5개항에 합의를 했다. 명확한 재발 방지 대책을 요구해 온 남측 입장과 신속한 공단 가동 재개를 원해 온 북한. 양측이 모두가 만족할 수 있는 합의 결과였다.

물론 아직까지도 그들에게 산적한 문제들이 많이 있다. 개성공단 입주 기업들은 개성공단 중단 사태로 인해서 지난 5개월간 매출이 전혀 발생하지 않은데다가 운영자금이 부족해 여기저기서 대출을 받은 상황이다. 개성공단 외에 생산시설이 없는 기업들 가운데는 직원 수를 줄인 곳도 다수다. 이들은 단순히 돈을 버는 기업인들이 아니라 통일의 큰 역할을 담당하고 있는 사람들이다. 그 사람들을 위해 가만히 있을 수는 없다고 생각했다.

개성공단의 국제화를 위해

개성공단이 살아나려면 외국인 투자자들을 끌어와야 했다. 그래서 얼마 전에 외국 법인이 개성공단에 투자할 때 조세 감면과 행정 지원 등의 혜택을 주는 '개성공업지구 지원에 관한 법률 개정안'을 발의했다.

주요 내용은 외국 법인이 개성공단에 투자할 경우 남북협력기금을 통해 사업 자금을 융자해주거나 보험을 제공받도록 하는 것이었다. 법이 통과된다면 외국 법인은 일반 금융기관의 중소기업 대출 금리보다 나은 조건으로 사업자금을 빌릴 수도 있다. 또한 북한이 투자자산을 몰수하는 등의 재산권 침해에 대비한 보험도 제공받을 수 있다.

그리고 법인세와 소득세, 관세 등을 현재 외국인 투자 촉진법의 조세 감면 수준으로 인하해주며 외국계 기업을 위한 개성공단 투자지원센터도 설립된다. 투자지원센터는 투자 상담과 안내, 홍보, 조사 연구와 민원 처리 대행 등 지원 업무를 총괄할 예정이다.

최근에 미국, 독일 등 여러 해외 바이어들이 인건비가 저렴한 개성공단에 합작 투자를 검토하고 있다. 개성공단을 국제화시킬 수 있는 기회가 찾아온 것이다. 이번 법안이 통과되면 보다 많은 외국 기업들에 개성공단 투자를 유도함으로써 개성공단의 정상화와 국제화에 기여 할 수 있을 것이라 본다. 하루 빨리 법안이 통과될 수 있기를 바란다.

이산가족 상봉

　이산가족 문제는 모든 것을 다 제치고 빨리 해결해야 할 문제이다. 가족과 만남의 기회를 마련해주기만을 손꼽아 기다리는 이산가족들에게는 시간이 없다. 한 해에만 무려 4천 명 가까운 이산가족들이 멀리 있는 가족들을 그리워하다가 세상을 떠나고 있다. 이산가족 대부분이 이제는 고령자이기 때문이다.

　얼마 전 북한 정부는 추석으로 예정되어 있던 이산가족 상봉을 갑작스럽게 일방적으로 무기한 연기했다. 그나마 만나는 인원도 100여 명에 불과했는데 이런 소규모 인원의 만남마저도 막혔다. 그리고 황당하게 모든 책임을 우리 정부에 떠넘기고 있다. 이로 인해서 많은 이산가족들이 씻을 수 없는 상처를 받았다. 북한의 이산가족 상봉 연기는 많은 이산가족들에게 너무 큰 실망을 안겨준, 인륜을 저버리는 선택이다.

　TV에 나온 이산가족인 김성윤 할머니를 보고 눈물이 쏟아졌다. 할머니는 헤어진 동생과 사촌, 조카를 만날 생각에 며칠을 잠을 못 이루셨다고 했다. 북쪽의 가족들에게 전해주려고 두꺼운 외투와 영양제도 샀다. 하지만 북측의 갑작스런 연기 통보로 할머니는 가

"

족들을 만나 볼 수 없었고, 결국 실망을 넘어서 절망에 가까운 푸념들을 티비에서 늘어놓는 신세가 되고 말았다.

이산가족 상봉은 남북한 관계와 별도로 접근해야 한다. 최소한의 인도적인 양심이 있다면 북한은 하루 빨리 다시 이산가족 상봉행사를 개최해야 한다. 이산가족 상봉은 정례화 돼야 한다. 이런최소한의 인도적 교류가 계속적으로 이루어져야 한다. 그래야만북한과의 신뢰가 쌓일 수 있다.

꽃은 씨앗만으로 피지 않는다. 충분히 거름도 주고 물도 주고 햇볕도 쬐어 줘야한다. 그렇게 정성을 들여 시간을 보내면 싹이 튼다. 싹에게도 정성을 들여 줘야 그제야 꽃이 핀다. 남북관계도 마찬가지라고 본다. 우리가 꾸준히 관심과 노력을 기울일 때 '통일'이라는 꽃을 피울 수 있다.

미래를 열어야 한다

박근혜 새누리당 대통령 후보 중앙선대위부위원장을 맡다

2012년 대선에서 나는 박근혜 새누리당 대통령 후보의 중앙선대위부위원장 겸 재외선대위원장을 맡았다. 아마 근래에 내가 제일 바빴던 때가 아닌가 싶다.

지난 대선은 재외동포들이 처음으로 모국의 대통령을 뽑는 역사적인 선거였다. 현재 해외 각지에는 720만의 재외동포들이 살고 있다. 그 중에서 유권자는 233만 명이다. 선거의 당락을 좌우할 수 있는 엄청난 숫자이다.

재외국민선대위 발대식에서 박근혜 대통령과 함께

재외선대위원장의 부담감은 상당히 컸다. 중앙선대위부위원장도 책임이 무거운데 선거의 결과를 가를 수도 있는 책임이 나에게 얹어졌기 때문에 대선 기간 동안 내내 살얼음판을 걷는 것 같았다.

지난 총선에서 재외동포들은 야당에게 손을 들어줬다. 재외선거는 여당보다 야당에게 유리한 선거 지형이었다. 재외국민이 선거를 하기 위해서는 절차가 까다롭다. 그렇다 보니 재외동포들 중에 등록한 선거인들이 주로 20~30대가 절반이 넘었다. 40대까지 합산하면 70%가 넘는 수치였다.

아무래도 젊은 세대는 야당 지지 성향이 높다. 그래서 더 긴장할 수밖에 없었다. 이번 재외국민 선거에서는 한 표라도 더 받겠다는 생각으로 죽기 살기로 여기저기 비행기를 타고 돌아다녔다.

내가 이렇게까지 열심히 했던 것은 당에 대한 충성심, 내가 지지하는 후보에 대한 믿음도 있었지만 박근혜 대통령 후보에게 진 빚을 갚고 싶은 마음이 컸기 때문이다. 박근혜 대통령 후보는 17대 총선, 19대 총선에서 바쁜 와중에도 평택에 와서 지원 유세를 해줬다. 나는 그 일을 늘 감사하게 여기고 있었다. 그러던 중 2012년 대선은 내가 빚을 갚을 수 있는 절호의 기회였다.

결초보은의 마음으로 열심히 했다. 얼마나 열심히 했는지 12월 5일 뉴욕에서 재외동포들을 대상으로 한 선거 캠페인을 마치고 숙소로 돌아오던 중 코피가 흘렀다. 평소에 건강만큼은 자신이 있던 나였는데 역시 과로 앞에는 장사가 없었다. 그래도 최선을 다한 것 같아서 후련했다.

그렇게 재외선대위원장으로 활동하면서 확신을 가지게 된 것이 있다. 바로 재외동포들이 우리나라의 미래 동력이라는 사실이었다. 이번 활동을 통해 나는 확실히 깨달을 수 있었다.

대한민국의 미래 동력

우리나라는 영토도 좁고 자원도 부족한 나라다. 거기에 분단까지 된 상황이라 성장 동력이 정말 부족하다. 성장할 수 있는 한계가 있다. 그렇다면 성장 동력을 어디서 찾아야 할까? 바로 사람이다. 그래서 교육열이 필요한 것이고 인재들이 많이 육성되어서 나라를 이끌어가야 한다. 그리고 또 하나, 재외동포들이 있다.

유학 시절 동포들과의 만남도 많았고 국회 독도특위위원장으로 활동했을 때도 재외동포들의 도움을 많이 받으면서 그들의 소중함을 알게 됐다. 그러면서 그들의 권익 신장에 더 많은 관심을 두게 되었다. 우리나라에서 재외동포들의 권익 보호가 제대로 이뤄지지 않는다는 사실을 알았기 때문이었다. 그래서 당의 재외국민위원장을 맡게 됐다.

현재 우리나라가 수출 강국이 되고 한류가 세계에 뻗어나간 이유가 무엇일까? 물론 우리나라가 우수한 기술력을 가졌기에 수출 강국이 되고 또한 우수한 콘텐츠를 보유했기에 한류가 세계에 뻗어나간 것이지만 재외동포들이 닦아준 인프라도 무시할 수 없다는 것을 난 알게 되었다.

그들이 지구촌 곳곳에 숨어있는 한국 홍보 대사들이란 것을 깨달았기 때문이다. 그들이 우리나라 문화를 해외에서 이용하고 소비함으로써 자연스럽게 해외에서는 우리나라 문화가 홍보되고 있다. 마케팅 비용으로 따지면 그 가치는 천문학적인 액수가 될 것이다. 현재 해외에는 720만 명의 재외 동포들이 있는데 그들과 힘을 모은다면 한국은 더 강해질 것이다. 그들을 지원하고 돕는 것이 우리나라 성장 동력을 끌어올리는 길이라고 생각한다.

또한 우리나라가 위기를 맞이했을 때, 그 국가적 위기를 극복하는 데에도 재외동포들은 큰 공을 세웠다. 우리나라가 IMF로 힘들었을 때 재외동포들은 달러를 모았고 금을 모아서 조국에 보냈다. 이제는 우리가 그들에게 진 빚을 갚을 때다.

지난 19대 총선에서는 107개국, 158개 재외투표소에서 재외국민투표가 이루어졌으며, 재외투표소는 모두 해외 공관에 설치됐다. 미국에서는 12개 공관에서 투표가 이루어져서 1만 293명이 투표했고, 이는 선거관리위원회가 예상한 선거인수 108만 2천 708명의 1%에 불과했다. 투표를 하는데 있어서 장애가 많았기 때문이다.

그래서 나는 19대 국회에 등원하자마자 재외국민선거에 우편 투표제를 도입하고, 공관 이외의 지역에도 투표소 설치가 가능하도록 하는 내용의 '공직선거법' 개정안을 국회에 제출했다. 내가 제출한 개정안은 재외국민선거에 우편 투표제를 도입하고 공관 이외의 지역에서도 투표소 설치가 가능하도록 규정하는 것이었다. 하지만 야당의 반대에 부딪혀서 개정안이 통과 되지 못해 상당히 유감이다.

또 하나 시급한 것은 해외 거주 재외동포들의 거주국에서 그들

재외국민위원장 활동

의 참정권을 찾아주는 것이다. 참정권은 정치에 참여할 수 있는 권리이다. 참정권이 있으면 정치인들에게 자신의 목소리를 전달할수 있다. 정치인은 참정권이 있는 주민을 의식할 수밖에 없다. 참정권을 찾는 길은 곧 권리가 신장되는 길이다.

우리 국회에서는 2005년 6월 30일 일정한 자격을 가진 일본인들에게 지방 선거권을 부여했고 상호주의 원칙에 따라 재일한국인의 지방참정권 부여를 촉구했으나 이뤄지지 않고 있다. 거주 국가에 주민으로서 의무를 성실히 수행했음에도 권리를 주지 않는 것은 잘못된 일이다. 이에 거주국 지방참정권 부여 촉구 안을 제출, 국회 본회의에 통과시켰다.

이렇게 열심히 재외국민의 권익신장을 위하여 왕성한 활동을 하다 보니, 올해 초 재외동포 신문사에서 주는 2012년 올해의 인물상을 받게 됐다. 재외국민 관련한 왕성한 입법 활동과 해외 순방으로 재외동포 사회의 발전과 권익 향상에 기여했다는 이유였다. 감사하고 뿌듯한 일이었다.

나는 작년에 재외국민위원장으로서 재외동포들에게 약속한 것이 있다. 먼저 외국 시민권자인 재외동포들의 복수국적 허용 연령을 현행 65세 이상에서 55세 이상으로 확대하는 것이다. 재외동포들의 복수국적 허용 연령을 확대하는 것은 재외동포 사회의 편익을 증진시키는 일이고 재외동포들이 모국 발전에 기여할 기회를 확대시켜 주는 일이다.

그리고 최근에는 국외이주 국민의 국내 주민등록말소제도를 폐지하고 재외국민임이 표시된 주민등록증 발급 제도를 도입하는 내용을 골자로 한 주민등록법일부개정안을 내가 9월 13일 대표발의 했다. 지난해 11월 발의했던 주민등록법일부개정안을 기본골격으로 한 개정안이다.

그동안 우리나라 국외 영주권자들은 주민등록이 말소됨으로써 대한민국 국민으로서 자격 박탈이라는 정서적 상실감은 물론, 귀국해서 잠시 우리나라에 머물게 되더라도 외국인만 발급받는 거소신고증을 발급 받아야 하는 처지라서 상대적 역차별을 받는 느낌이 있었다.

거기에다가 우리나라 국외 영주권자들은 우리 국적을 갖고 있음에도 불구하고 국내에서 외국인 취급을 받는 등 상당한 고충들을 겪고 있다. 주민등록번호가 없으면 간단한 인터넷사이트 가입도

어렵다. 게다가 금융거래, 국내 취업 등의 경제활동에 많은 불편이
따른다.

이 법안의 취지에 대해 야당도 찬성하는 만큼 이번 정기국회에서
입법이 가능할 것으로 예상된다. 내년도에 업무시스템 구축 등의
준비기간을 거쳐서 2015년 1월부터 영주권자에 대한 주민등록증
발급제도를 시행하기로 안전행정부와 협의도 마친 상태다. 이 밖에
도 해외 유학생들에게 학자금을 대출하는 방안도 연구 중이다.

한국 호주 친선외교

호주정부는 지난해 10월 주요 정책 목표를 담은 정책백서 '아시
아의 세기에서의 호주'에서 한국을 중국, 일본, 인도, 인도네시아
등과 함께 교류·협력을 강화해야 할 핵심 5개 전략적 파트너 국가
로 선정했다.

하지만 아이러니하게도 호주의 모든 학생을 대상으로 교육해야
할 4대 아시아 주요언어로 중국어, 힌두어, 인도네시아어, 일본어
만 지정하고 한국어를 제외시켰다. 이 때문에 호주의 3번째 교역

국가인 한국을 홀대하는 것 아니냐는 논란이 일었다.

현재 19대 국회 한국·호주 의원친선협회회장을 맡고 있는 내가 가만히 있을 수 없었다. 그래서 올해 1월 29일, 한국·호주의원친선협회 회원들과 함께 대아시아 정책백서에 한국어를 주요 아시아 언어로 다시 포함시켜줄 것을 요청하는 서한을 길라드 총리를 비롯한 호주 정부에 보냈다.

이는 호주 내에서 한국의 지위와 관련이 있는 일이었다. 호주의 네 번째 교역 대상국이고 세 번째 수출 대상국이며 FTA 체결을 앞두고 있는 나라로서 당연한 요청이었다. 게다가 우리나라의 젊은 학생들이 워킹홀리데이 등으로 많이 방문하는 나라가 아닌가. 한국·호주친선협회 의원들은 5월 19일에서 26일까지 6박 8일 일정으로 호주를 방문했다.

호주 정부의 정책백서에 아시아 주요 언어로 한국어를 재 포함하는 문제 등 양국 현안을 논의했다. 24일에는 존 호그 호주 상원의장을 만나서 북핵 문제, 북한 인권 문제, 호주 내 유학생과 교민 치안 문제, 경제 문제 등에서 심도 있는 대화를 나눴다.

특히 한국 청년과 유학생 일자리 확충을 위해 유치원 교사나 간호사 등 구체적 프로그램을 요청했다. 친선모임이었지만 아시아 주요 언어 재 포함 문제, 교민과 유학생들의 처우 개선 등, 국가의 중요한 현안을 두고 이야기할 수 있었다.

방문 이후 지난 8월에 호주 내에서 아시아 주요 언어로 한국어가 다시 포함될 수 있었다. 이를 통해서 호주 내의 한국 지위 신장과 호주 학생들에게 한국어 학습 기회를 제공함으로써 호주 내 한국어 보급을 확대하고 한국에 대한 관심을 제고하는 효과를 가져올 것으로 기대된다. 호주에 가서 이룬 값진 성과였다.

한–호주의원친선협회장 활동

바둑을 통한 한중 외교

19대 국회 기우회장이 되면서 한 가지 구상을 했다. 한·중 의원 바둑 대회, 한·일 의원 바둑 대회, 남·북 의원 바둑 대회 등을…. 우리나라를 포함한 동아시아 나라들이 바둑을 좋아하고 나 또한 바둑 좋아하기에 생각해낼 수 있는 아이디어였다. 박근혜 대통령도 지난 2013년 6월 중국을 방문, 시진핑 주석과 만나 양국 문화교류 활성화를 논의하기도 했다.

평택항에서 중국을 지나 유럽을 관통하는 한중 열차페리와 해저 터널을 연구하면서 중국을 많이 들렀고 중국 의원들과 자주 만나 이야기를 나눴다. 중국 의원들과 안면이 있고 바둑에 관심이 많은 내가 나선다면 충분히 성사시킬 수 있을 거란 생각이 들었다.

19대 국회 기우회장인 나와 양재호 한국기원 사무총장이 21일 중국 베이징에서 쑨화이산 정협 부비서장과 황젠추 전인대 예산 공작위원회 부주임 등을 만나 한·중 의원 바둑 대회를 성사시켰다. 국회 기우회원, 중국 정협위원 각각 10명씩 팀을 꾸려서 2일간 개인전과 단체전을 하기로 했다. 15대, 16대 국회 때 일본 의원들과 바둑을 둔 적은 있지만 중국 의원들과는 처음이었다.

나는 어릴 때부터 바둑을 두었고, 어느새 부턴가 바둑에 푹 빠지게 되었다. 한창 입시에 집중했던 고등학교 시절에도 머리가 복잡할 때면 기원을 가서 바둑을 뒀다. 바둑은 참 흥미롭다. 한 수, 한 수에 집중을 해야 한다. 한 수라도 방심하거나 지금 당장에 급급해서 수를 두면 다 이긴 게임도 순식간에 역전을 당한다.

지금 내가 지고 있더라도 판을 넓게 보고 두다 보면 언젠가 기회가 찾아오기 마련이고, 지금 내가 이기고 있더라도 한 수, 한 수를 대충 두다 보면 어느새 게임을 지기 마련이다. 이렇듯 바둑엔 인생과 정치가 모두 녹아 들어있다.

바둑을 좋아하다 보니 국회 기우회장까지 맡고 있고 현재 한국기원 공인 아마추어 5단이다. 우리나라의 국수 조훈현 9단과도 지도대국을 많이 둬봤다.

바둑 대회나 관련 행사에도 정말 많이 참석했고 아직도 초대가 많이 온다. 지난 9월에는 아시안게임 금메달리스트인 여류국수 조혜연 9단과 3점 접바둑시합도 해봤다. 3집 반으로 이겼기에 그 당시에는 기분이 정말 좋았는데 생각해 보면 조혜연 9단이 봐준 것 같기도 하다.

바둑은 나에게 단순히 여가가 아니라 정치의 수단이기도 했다. 바둑을 두면서 같은 당 의원들과 더 친목을 도모하고 정치적인 현안들을 나눴다. 정치적 현안 앞에서 언성을 높이며 다투던 야당의 원들과도 바둑을 두면서 서로 묵혀뒀던 감정을 풀고 서로를 인정했다. 다른 지역 민생과 정치적 현안을 해결할 때 바둑을 두면서 친해지고 그러다 보니 일이 더 수월하게 풀렸다.

올해 8월, 드디어 한·중 의원 바둑 대회가 열렸다. 나를 비롯한 10명의 의원이 한국 대표로 나섰고, 중국 측에서는 전국인민대표대회 및 중국 인민정치협상회의 위원 10명이 참가했다. 첫 날의 경기는 우리나라 의원들이 승리했고 둘째 날의 경기는 중국 의원들이 승리했다.

바둑 대회를 끝내며 서로 승부를 주거니 받거니 했던 바둑 대회처럼 우리나라와 중국과의 상생이 일어나기를 기원하였다. 우리는 내년에 여의도 국회의사당에서 다시 만나 시합할 것을 기약하며 헤어졌다.

바둑은 중국 의원들과 아주 좋은 다리 역할을 해줬다. 중국 의원들과 처음 만났을 때만 해도 서먹서먹했는데 바둑을 두면서 서로

의 수에 감탄하고 바둑이야기를 나누다가 점차 친해졌다. 친해지
자 자연스레 양국 간의 우호증진과 양국의회 협력증진 방안, 중국
내 거주하고 있는 동포와 유학생들의 처우 개선에 대한 이야기를
나눌 수 있었다.

이 날의 우호 증진이 양국 간 교류에 긍정적인 효과가 나타날 것
은 확실하다. 바둑대회가 있던 날은 공교롭게도 견우와 직녀가 만
난다는 음력 7월 7일이었다. 견우와 직녀처럼 반갑게 매년 만나자
는 취지에서 매년 7월 7일에 바둑 대회를 정례화 하기로 했다.

한·중 반상외교가 성공적으로 이루어짐에 따라 나는 앞으로 한·일 의원 바둑 대회, 한·중·일 의원 바둑 대회, 남·북 의원 바둑 대회 등을 더 적극적으로 추진하기로 마음먹었다.

외교는 이제 국제화 시대에 가장 중요한 요소 중 하나가 됐다. 외교는 단기간에 이루어지는 것이 아니다. 꾸준히 서로 신뢰를 쌓고 친교를 쌓아야 이루어질 수 있다. 지금부터라도 더 많은 나라들과 접촉을 할 필요가 있다.

골목 상권과 농민들이 보호받을 수 있도록

골목 상권을 지키자

작년 대선의 화두 중 하나는 골목 상권 보호였다. 그만큼 골목 상권이 위협받고 있다는 것을 모두가 체감하고 있기 때문일 것이다. 으레 선거철이나 명절이 되면 정치인들은 시장을 많이 찾는다. 시장이 바로 민심을 읽을 수 있는 곳이기 때문이다. 대선 후보들은 골목 상권 보호를 약속했다.

시장 상인들의 한숨이 날로 늘고 있다. 경기 불황이라 장사는 안 되는데 최근에 대형마트와 SSM(기업형 슈퍼)이 날로 확장하고 있어서 장사가 더 힘들다고 한다. 그나마 대형마트와 SSM이 없다고 해도 걱정을 놓을 수가 없다. 골목마다 편의점이 들어서고, 법에 걸리지 않는 중형 마트들이 골목 시장을 장악하고 있기 때문이다. 또한 대형마트, SSM을 규제하자 이제는 대기업이 일반 슈퍼와 제휴를 맺고 상품 공급점을 만들어 우회적으로 골목 상권을 차지하고 있다. 정부의 규제가 한계에 다다랐다는 뜻이다. 새로운 대책이 시급하다.

작년에 전당대회를 하면서 1박 2일로 국민들에게 쓴소리를 듣는 민심투어를 한 적이 있다. 다른 전당대회 출마자들과 함께 대전 중앙시장을 방문했는데 상인들의 쓴소리가 가득했다. 시장 현대화 사업 예산 배정부터 시장 상인들이 배제된 공무원 중심의 시장 정비 계획, 활성화되지 않은 온누리 상품권까지 다양한 질책들이 쏟아졌다.

민심투어 후, 시장 상인들의 고충이 깊게 느껴졌다. 우리 지역 상인들도 이런 고충을 겪고 있을 텐데. 그런 생각을 하니 마음이 더 무거워졌다.

시장은 단순히 물건을 사고파는 곳만이 아니라 우리의 문화가 곁들어진 공간이다. 이 공간은 충분히 문화재가 될 수 있고, 관광

재래시장 활성화 노력

상품이 될 수 있다. 바로 이점에 착안하여 추진한 사업이 바로 특성화 시장 육성사업이다.

가장 먼저 한 일은 중앙시장을 현대화시켜서 국제 시장으로 바꾸고자 했다. 공사 내내 수시로 방문해서 현장 상황을 점검했고, 무엇보다 국제 명소로 지정되게 하도록 노력했다. 그렇지 않고서는 무늬만 국제 시장이 되기 때문이다. 나는 국제 명소로 지정시키기 위해 경기도청과 중소기업청을 열심히 찾아다녔다.

노력 끝에 경기도청과 중소기업청의 협조를 받아 국제 명소로 지정될 수 있었다. 중소기업청은 지역 내 관련 단체와 협력네트워크를 구축하고, 추진기획단을 설치해 사업을 전담시켰다. 또한 중앙시장 상인들을 대상으로 마케팅 교육을 강화해 자생력을 키우고자 했다.

그리고 작년 7월, 평택국제중앙시장 출범식이 있었다. 이제 중앙시장은 지역 주민뿐만 아니라 주한 미국군과 외국 관광객들이 찾는 곳이 되었다. 쇼핑과 문화를 동시에 즐길 수 있는 문화 관광형 전통시장으로 탈바꿈한 것이다. 앞으로 평택국제중앙시장은 연간 197억 원의 파급효과와 86억 원 상당의 부가가치를 올릴 것으로 예상하고 있다.

얼마 전에는 방송에도 출연했다. 전통시장, 재래시장 활성화를 위한 방송이기에 선뜻 출연을 결정했다. 인기 연예인 서경석, 한채아 씨와 함께하니 정말 떨렸다. 오후에는 옷을 갈아입고 본격적으로 장사를 시작했다. 이번 방송으로 조금이나마 전통시장, 재래시장이 활성화하는 데 도움이 되었으면 좋겠다. 골목 경제 활성화, 재래시장의 활성화가 서민 경제의 활성화와 대한민국 경제 활성화로 이어진다고 믿는다.

역시 신토불이가 최고

세계적으로 '식량주권'의 중요성이 날로 커지고 있다. 최근 들어 각 나라마다 농업에 많은 관심을 쏟고 있다. 한때 우리나라도 농업은 1차 산업이라며 홀대하고 2차 산업, 3차 산업에만 몰두한 적이 있었다. 상대적으로 우리 농민들이 상당히 소외를 받았다. 결국, 젊은 농업인들은 농촌을 떠났고, 정부의 지원도 소홀해서 많은 농가들이 빚더미에 오르게 되었다.

지금 농촌에는 노동 인력이 절대적으로 부족한 상황이다. 논과 밭이 있어도 농사를 지을 수가 없다. 노동 인력 수급이 시급해지자 최근에는 외국인 농업 연수생을 데려오고 있다. 하지만 이 과정에서 많은 문제점 생기기 시작했다.

먼저 외국인 농업 연수생 쿼터가 너무 적다. 인력 보완은 시급한데 데려올 수 있는 한도가 너무 적어서 외국인 농업 연수생 제도가 효과적이지 못한 것이다. 그리고 출입국 관리소의 절차가 너무 복잡해 고용주와 외국인 농업 연수생에게 불편함이 가중되고 있다는 것도 알게 됐다.

제도의 효율성이 상당히 떨어지고 있는 것이다. 그리고 외국인 농업 연수생들의 근로계약 조건도 너무 열악했다. 빨리 뭔가 대책을 세워야 했다. 그렇다고 여기저기 오가면 시간만 지체되고 일 처리도 복잡해진다.

"그럼 모두 다 한자리에 모여서 얘기해봅시다."

그렇게 해서 '외국인 농업 연수생 고용제고 개선 간담회'를 열었다. 나는 고용노동부, 법무부, 농협 관계자들과 농업 경영인을 한 곳에 불러 모았다. 이것저것 복잡하게 얘기할 것 없이 한방에 해결할 수 있는 방법이었다.

농업인들의 요구에 고용노동부는 농업 연수생 쿼터 확대와 법률을 개선할 것을 약속했다. 한 고용주와 5년 이상 근무한 연수생에 한해서 3개월 이내에 재입국해서 연장 근무가 가능하도록 조치하는 것이다. 법무부 측에서도 고용 변동 신고, 체류 연장 등 신고 절차를 간소화시키기로 했다. 또한, 불법 브로커 엄중 단속과 불법 체류자 연행 시, 보다 신중한 대처를 하겠다고 약속했다.

모든 불편사항이 해소된 것은 아니지만, 그래도 많은 불편사항이 개선됐다. 그러나 아직도 해결할 문제들이 많다. 앞으로 우리 농가의 어려움을 들을 수 있는 자리를 많이 마련할 수 있도록 최선을 다할 것이다.

그밖에 개선할 문제도 많다. 우선 중요한 것은 농업 경쟁력을 확대시키고 농민들의 자존심을 회복시켜 드리는 것이다. 그러기 위해서는 확실한 FTA 보완 대책을 마련해야 한다. FTA는 국제화 시대에 살아남기 위한 어쩔 수 없는 선택이다. 하지만 정부, 국회, 농민 대표 협력체를 구성해서 농업 피해 예방책을 마련하고 보완 대책을 협의해야 한다. 값싼 외국 농산물에 대응하기 위해 친환경 명품 농산물 개발 등을 위한 시스템 정비도 시급하다. 또한, 농촌의 노후화된 주택 개량 사업도 진행해야 한다. 우리의 농가 주택들을 보면 너무 노후화되어 가슴이 아프다.

마지막으로 농업재해보험을 확대 실시해야 한다. 농업재해보험은 농가의 소득 및 경영안전을 도모하고, 안정적인 농업 재생산활동을 뒷받침하기 위한 것이다. 하지만 농업재해보험이 적용되는 대상 품목은 한정되어 있었다. 게다가 태풍, 강풍, 우박, 동상해 같은 특정 재해만 보장이 가능했다.

“이래서는 있으나마나다. 이런 보험으로는 아무 소용이 없다.”

나는 다른 동료 의원들과 뜻을 모으기 시작했다. 그렇게 꾸준히 노력한 결과, 오는 12월부터 농업재해보험 적용 대상 품목 4개 더 늘어나고 종합 위험 보장 방식의 농업재해보험이 경기도 안성, 평택, 남양주에서 실시되고 내년부터는 전국으로 확대된다고 한다.

정치인들이 정책을 잘 펴는 것도 중요하지만, 우리 농산물에 관심을 갖는 것도 중요하다.

예전에 평택의 대표 농산물인 ‘슈퍼오닝’ 쌀과 배를 시식회 및 판매한 적이 있다. 나는 농협 임직원들과 함께 직접 나서 쌀과 배를 팔았다. 조금이나마 지역 농산물을 알릴 수 있다는 생각에 기쁜 마음으로 참여했다.

최근에는 시청 앞에서 열린 추석맞이 ‘팔도 농 특산물 큰잔치’에도 다녀왔고 우리 농산물을 알릴 수 있는 곳이라면 최대한 참여하고 있다. 경기도 농업 문제가 곧 대한민국 농업 문제라고 생각한다. 더 많은 관심과 노력으로 농업인들의 고충을 덜어드리고 싶다.

경기도에는 땅이 넓은 만큼 농업에 종사하는 농민들도 많다. 경기도 이천 쌀, 여주 쌀, 장호원 복숭아, 송산 포도 등은 이미 유명한 경기도의 농산물이다. 경기도는 우리나라 농업에서 차지하는 비율도 높다. 그만큼 농민들 삶의 질 개선이 경기도민 삶의 질 개선으로 이어질 것이다.

재래시장 살리기 TV 프로그램 출연(광장시장에서)

모두의 행복을 위한 경기도의 미래

심장을 옥죄지 말라

인구 1,250만, 서울 면적의 17배, 지역구 국회의원 51명, 국방력의 70% 밀집. 그리고 국내 10대 대기업들의 생산 기지 본부가 포진해 있는 경제 중심지. 바로 내가 살고 있는 경기도의 이야기다. 경기도의 규모에 많이들 놀랐을 것이다. 비례대표를 제외한 244명의 지역구 국회의원 중에 5분의 1 이상이 경기도 의원이다. 그만큼 땅이 넓고 인구도 많기 때문에 해야 할 일들이 많다.

우선 경기도는 국방의 중심지이다. 국방력의 70%가 경기도에 있다고 하면 많은 사람들이 의아해할 수도 있을 것이다. 대개 군부대는 강원도에 많다고 생각하기 때문이다. 하지만 경기도에는 육군, 공군, 해군, 해병대, 미군 등 우리 군의 모든 핵심 전력이 배치되어 있다. 예로부터 군사적 요충지였기에 남한산성 등 옛 군사시설들이 많이 남아 있기도 하다.

경기도는 통일의 중심지이기도 하다. DMZ부터 시작해서 개성공단, JSA 등 북한과 밀접한 관련이 있는 현장 모두가 경기도에 있다. 우리나라 대북관계는 경기도와 밀접한 관련이 있고, 그렇기에 경기도에서 정책을 펼 때는 통일 문제도 함께 고민을 해야 한다.

이렇게 여러 가지 이유로 경기도는 참 중요하다. 대한민국을 하나의 몸으로 본다면 경기도는 분명 대한민국의 심장이나 마찬가지이다. 심장은 인체에서 가장 중요한 장기이다. 심장이 튼튼해야 우리가 잘 움직일 수 있고 혈액순환이 원활해져 건강하게 지낼 수 있다.

이런 심장을 옥죈다면 어떻게 될까? 분명 몸의 건강에 중대한 안 좋은 영향을 미칠 것이다. 그런데 우리나라에서 이렇게 심장을 옥죄는 일이 나타나고 있다. 바로 수도권 규제가 그것이다.

수도권 규제란 수도권정비계획법의 주요내용이다. 수도권정비계획법은 80년대 초반 산업화로 수도권이 팽창하면서 수도권 인구와 산업의 적정한 배치를 유도하고 수도권의 질서 있는 정비, 균형 발전을 목적으로 제정된 법이다.

법의 목적과 취지는 바람직하나 정부가 바뀔 때마다 규제를 강화하면서 수도권 정비가 아니라 수도권 규제법으로 변질되었다. 수도권정비계획법으로 인해서 수도권에는 대기업이 공장을 증설하거나 신설할 수도 없고 4년제 대학이 들어올 수 없다.

먼저 수도권이라고 하면 어디를 말하는 걸까? 경기도, 서울, 인천을 지칭한다. 서울의 경우에는 포화 상태라 따로 규제를 하지 않더라도 공장을 새로 짓고 4년제 대학을 설립하는 것이 어렵다. 인천은 경제자유구역으로 지정돼서 규제를 충분히 피해나갈 수 있다. 사실상 경기도만 규제를 받는 것이나 마찬가지다.

경기도에 공장을 짓고 싶어 하는 기업들은 많다. 경기도에 많은 인구가 몰려 있어 노동력을 구하기 쉽고 땅이 넓어서 부지를 구하기도 쉬운데다가 교통의 요지라 물류 운송도 쉽기 때문이다. 공장을 짓기에 좋은 모든 요건을 다 갖췄다고 할 수 있다.

하지만 현재 경기도에는 대기업이 새롭게 공장을 지을 수가 없다. 그렇다면 그 공장들은 다 어디에 짓고 있을까? 충청도, 전라도, 경상도에 지을까? 그렇지 않다. 경기도에 지어야 할 공장이 중국으로, 동남아로 가고 있다.

지방 균형 발전 효과도 일어나지 않고 국내의 일자리와 국부만 해외로 내보내고 있다. 경기도 공장에서 만든 제품은 MADE IN 경기도가 아니다. MADE IN 코리아다. 우리의 국부를 지키고 우리의 산업 경쟁력을 지키고 우리의 일자리를 지켜야 한다. 수도권 정비계획법은 언젠가부터 국가경쟁력만 갉아먹는 나쁜 법이 되어가고 있다.

또한 현재 경기도에는 4년제 대학을 설립할 수 없다. 1,250만 명이 있는 경기도 인구에 비하면 현재 4년제 대학은 턱없이 부족한 실정이다. 경기개발연구원에 따르면 입학 정원을 진학 희망 학생 수로 나눈 대학교 학생 수용률이 경기도의 경우 33.6%로 전국 평균에 절반에도 못 미치고 특히 경기 북부의 경우 12%로 전국에서 가장 낮다고 한다.

이에 따라 경기도 내 대학 진학 희망자 가운데 8만 7천여 명은 다른 지역 대학으로 진학해 교통비와 생활비 부담이 늘어나게 될 것이다. 경기도의 청년들이 지역에 대학교가 없어서 다른 곳으로 가고 있다니. 이는 오히려 지방 균형발전론에 역행하는 정책이다. 현재 경기도는 역차별을 받고 있는 것이다.

수도권과 지방을 나누는 발상은 정치적 정략 차원에서 다뤄졌다. 지방의 정치인들은 수도권에 모든 인프라, 돈, 문화 등이 몰려 있고 지방은 낙후됐다는 논리로 지방 사람들의 상대적 박탈감과 피해의식 등을 자극했다. 그러나 모든 지역이 평등하게 생산동력을 나눠 가져야 한다는 논리는 말이 안 된다. 정치논리와 경제논리를 구분하지 못하는 발상이다.

나는 경기도 이기주의를 주장하는 것이 아니다. 균형발전론은 취지 자체는 좋은 발상이다. 나 역시 수도권만 발전하길 바라지 않는다. 대한민국 모든 지역이 발전했으면 하는 바람이다.

그러나 정부는 다른 지방들을 발전시킬 묘안을 수도권 규제가 아닌 다른 곳에서 찾아야 한다. 정부와 모든 국회의원과 지방 자치단체장이 머리를 맞대고 찾아내야 한다. 묻지마 식의 수도권 규제는 국가경쟁력을 저하시키는 일임을 기억해야 할 것이다.

경기도가 받고 있는 역차별

경기도는 또한 수도 서울과 함께 수도권으로 묶이다 보니, 지방 우대 정책에 밀리고 서울 우선 주의에 치여서 이중으로 불이익을 받고 있는 형편이다.

경기도 인구가 서울보다 많지만 행정, 교육, 교통 서비스 등 모든 부문이 서울 중심으로 짜여 있어 이만 저만한 불편이 아니다

경기도는 인구가 1,200만이 넘었는데 아직도 고등법원이 없다. 소송사건수가 갈수록 늘어나는데도 서울 고등법원 관할로 묶여 있다 보니 재판이 열릴 때마다 서울로 오가야하는 불편을 겪어야 한다. 의정부 지원을 제외한 수원 지방법원 관내 항소 사건 숫자만 보더라도 부산, 대구, 광주, 대전 4개 고등법원의 평균 사건수보다 많다.

고등법원은 소송 사건수, 인구수, 관할면적, 교통사정, 지역적 특성 등이 고려돼야 한다. 대한민국 전체 인구의 4분의 1을 차지하며, GDP의 5분의 1 이상을 창출하고 있는 경기도에 고등법원이 없다는 것은 불합리하기 짝이 없는 일이다.

경기 고등법원을 설치하는 내용의 법안을 18대, 19대 국회에서 계속해서 발의하고 있지만 아직 통과되지 못하고 있다. 경기 고등법원 설치는 현재 서울 고등법원의 과도한 업무를 분산시켜 소송 업무 처리의 신속성과 효율성을 높일 수 있기 때문에 경기도민과 서울시민 양쪽의 사법 행정 서비스 질을 높여주는 길이다. 하루라도 빨리 법안의 통과가 이루어져야 한다.

서울 위주의 정책은 교육부문에서도 문제점을 나타내고 있다. 전국 각 지방은 지방거점국립대학이 지정되어 있다. 지방거점국립대학은 지방 고등교육의 육성과 발전을 위해 정부로부터 많은 지원이 뒤따른다. 그렇다 보니 등록금이 사립대에 비해서 절반정도 밖에 안 되고 질 좋은 교육을 받을 수 있다.

현재 지방거점국립대학은 강원권의 강원대학교, 충남권의 충북대학교, 경북권의 경북대학교, 전남권의 전남대학교 등이 있다. 경기도의 경우에는 서울과 같이 수도권으로 묶고 서울대학교를 오랫동안 거점국립대학으로 지정했다. 그러다가 서울대가 법인화되면서 2013년 1월 인천대학교를 경인권 거점국립대학으로 지정하면서 지금의 경기도 거점국립대학은 인천대로 되어 있다. 인구가 가장 많은 경기도에는 사실상 거점국립대학이 없는 것과 마찬가지다.

경기도내 학생들은 학비부담과 질 좋은 교육을 받고자 거점국립대학에 진학하고 싶어도 충청도나 전라도 등 타 지역으로 가야하는 게 현실이다. 타 지역 학생들과 비교해볼 때 형평성 있는 교육 기회를 받지 못하고 있는 것이다. 경기도에 거점국립대학이 설치되어야 하는 이유다.

웰빙도시 경기도

웰빙이 트렌드가 되면서 깨끗한 자연 환경은 기본조건이 됐다. 살기 좋은 경기도가 되기 위해서도 깨끗한 환경은 꼭 필요하다. 이런 의미에서 산업단지가 많은 남부는 환경오염 극복이 최우선 과제로 실행되어야 한다. 그런데 최근에 기흥호수의 수질 악화가 하류의 오산과 진위천 환경에도 악영향을 미치고 있다.

수질 악화가 심해져 경기 남부권 도민들의 건강과 휴식 공간이 위협을 받는 등 심각한 상황이 되었다. 그래서 동료 의원들과 관련 지자체 시장들과 함께 용인 기흥호수에서 현장 회의를 했다.

그 자리에서 오산천 전 수계에 걸친 오염원 제거 및 생태 환경

조성을 위해 공동으로 노력하고, 오산천 상류의 주 오염 원인인 기흥호수 수질 개선을 위해 향후 국·도비 등 예산 확보와 입법 과제 추진에 공동 노력키로 하는 공동 결의문을 채택했다. 사실 기흥호수의 수질 개선은 지역 의회뿐만이 아닌 중앙정부에서 나서서 중점관리 저수지 지정 등으로 수질 개선 대책을 세워야 하는 부분이기도 하다.

수원은 유네스코로 지정된 화성 같은 문화재를 더 알리고 가꾸는 것이 중요하다. 수원 화성은 수원의 자랑거리일 뿐만 아니라 세계문화유산에 등재된 소중한 인류의 문화유산이다. 수원 화성은 유네스코에서 인정받았을 정도로 굉장한 문화재이지만 정작 우리나라 국민들에게는 그 중요성이 덜 인식되고 있다.

　고등학교 시절 600명의 학생들이 정조 대왕 능행차를 시연한 적이 있다. 그러면서 화성이 얼마나 대단한 곳인가를 다시 한 번 느끼게 됐다. 지금이라도 수원 화성을 더 알리고 정비할 필요성이 있다. 수원시에서는 현재 세계문화유산인 수원 화성을 단계별로 복원하고 있다.

　하지만 수원 화성에는 여러 가지 문제점이 있다. 일제에 의해서 심하게 훼손되었고, 이후에 산업화를 거치면서 제 모습을 상실했다. 그리고 후에 수원 화성의 복원 과정에서 신호등이 성곽 안에 설치됐다.

　유네스코 세계문화 유산에 신호등이 박혀 있다는 것은 있을 수가 없다. 보기도 좋지 않을뿐더러 문화재가 훼손되기에 하루라도 빨리 제거해야 한다.

　도심 한복판에 위치하고 있는 수원 화성은 양쪽이 모두 도로로 되어있다. 그리고 화성 다리 밑으로 차들이 지나간다. 이미 자동차에서 나오는 배기가스 등 환경오염으로 세계 곳곳의 문화재가 훼손되고 있다는 것은 많이 알려진 사실이다. 우리 화성 또한 이런 부분이 상당히 걱정스럽다. 지금 보아도 부식되어 곳곳에 균열이 발생하고 있다. 양쪽에 차들이 지나다니다 보니 관리 부분에서도 취약하다. 우리의 국보 숭례문도 제대로 관리를 하지 못 해 잿더미가 됐던 사실을 잊으면 안 된다.

그 밖에도 얼마나 많은 문화재들이 관리 미비로 어처구니없게 훼손된 사례가 있는지 모른다. 지금부터라도 화성의 정비가 시급하다. 나는 화성에 도로를 걷어내고 공원이나 광장을 조성하고 싶다. 물론 일을 추진하는 데 있어서 충분한 검토를 거치고 주민들의 반발이 없어야 한다는 전제가 필요하다.

화성시의 문화재, 융건릉을 위해서도 관련 법안을 연구하고 있다. 융건릉은 사도세자와 혜경궁 홍씨가 잠들어있는 융릉, 그리고 정조와 효의황후의 건릉을 합쳐서 부르는 말이다.

능 뒤의 산책길은 수원 시내가 들어올 정도로 전망이 좋고 숲이 함께 우거져 있어 산책 코스로 좋은 곳이다. 나는 그런 융건릉을 세계인 모두가 감동할 관광 코스로 만들고 싶다.

시흥, 안산의 경우 황해 개발을 통해 발전시켜야 한다. 본격적인 황해시대가 시작되면 시흥, 안산은 훨씬 더 나아질 수 있다. 경기도의원 시절부터 황해를 개발시켜 경기도를 발전시키려는 밑그림을 그려왔다.

황해 이야기가 나왔으니 하는 말이지만, 그래서 먼저 평택항을 준비한 것이기도 하다. 평택항은 단순히 평택만의 항구가 아니라 경기도의 관문이다. 평택항은 국내 항만 중 최단기간 내 총 화물량 1억 톤을 달성했다. 평택항의 자동차 물동량이 크게 증가하면서 현대자동차 울산공장이 있어 자동차 항만으로 불렸던 울산항을 제치고 2010년 이후 3년 연속 자동차 처리 1위를 기록하고 있고, 올해 역시도 1위가 유력한 상황이다.

평택항이 급성장할 수 있었던 이유는 수도권에 위치해 있고, 자유무역지구 내 절반가량이 수입차 관련 회사 입주 등 자동차와 관련한 인프라가 잘 갖추어져 있다는 것이다.

앞으로도 한·중 FTA, 한·일 FTA가 맺어지면 평택항의 위상은 더 높아질 것이다. 평택항은 시야를 넓혀서 동북아 허브, 아시아 허브로 뻗어 나가야 한다. 평택항은 황해시대의 전초기지가 될 것이다. 평택항을 통해서 내가 꿈꾸는 것이 있다.

바로 한·중 열차페리다. 박근혜 대통령도 구상하고 추진했던 계획이다. 평택항을 출발하는 배에 열차를 싣고 배가 중국에 닿으면 열차를 내린다. 그리고 내린 열차가 중국을 거쳐서 유럽까지 가게 하는 것이다. 수출을 위해서 부산항에서 배가 출발해 유럽까지 가게 되면 45일 정도가 걸리지만, 한·중 열차페리를 이용하면 23일 정도면 유럽에 도달할 수 있다.

시간이 훨씬 줄어들어 물류비용 절감 등 많은 경제적 효과가 크기 때문에 경기도가 아시아 무역의 중심지가 될 수 있다는 것이다. 말도 안 되는 꿈같은 이야기라고 하는 사람도 있다. 그러나 머릿속으로만 그린 그림이 아니다.

정무부지사 시절, 중국의 대련과 연태를 잇는 열차페리를 둘러봤다. 가서 꼼꼼하게 답사를 하고 연구도 했다. 조사한 결과 희망찬 사실을 알아냈다. 우리나라 기찻길과 중국의 기찻길의 궤가 동일한 것이다.

이 말은 우리나라 기차도 중국에서 아무 문제없이 달릴 수 있고 한·중 열차페리를 구상을 뒷받침해주는 사실이다. 정무부지사 때부터 밑그림을 그리고 예산을 확보해서 경부선과 평택항을 연결하는 산업 철도 공사도 시작했다. 꼼꼼하게 준비한 일이다. 한·중 열차페리는 충분히 실현 가능하다.

이 밖에도 평택항은 아름답고 깨끗한 항만거리 조성해서 항만 문화, 관광 활성화를 이끌어 갈 것이다. 이런 잠재력이 큰 평택항을 정부에서 지금이라도 인프라 투자 등 많은 관심을 갖고 지원을 해주기 바란다.

나의 사랑, 경기도

나는 경기도 토박이다. 17대가 500년 동안 경기도에 살아왔다. 그렇다보니 경기도민들이 갖고 있는 불만과 불편사항을 누구보다 잘 알고 있다. 나도 똑같은 불만과 불편사항을 느끼기 때문이다.

특히 28살의 나이에 경기도의원이 돼서 4년간 경기도의회 활동을 한 것이 경기도민들의 마음을 헤아리는 데에 많은 도움이 되었던 것 같다. 그리고 김문수 경기도지사를 도와서 2년간 정무부지사로 활동도 했었다. 경기도정 업무를 본격적으로 배울 수 있었고 경기도의 발전 방향에 대해서 많이 생각할 수 있었다.

그 후 18대 국회의원이 돼서는 경기도당위원장이 됐다. 경기도 당위원장으로 2년을 활동하면서 어떻게 해야 경기도민의 행복을 증진시킬지를 항상 생각했다. 그렇게 노력한 결과, 경기도민들이 무엇을 소망하는지 알 수 있었고 그 부분들을 조금씩 이뤄나갈 수 있었다. 이렇게 나는 8년 동안 경기도정과 호흡하며 경기도와 함께 살아왔다.

한강의 기적, 그 중심에는 경기도가 있었다. 나는 경기도를 발전시켜서 제 2의 한강의 기적을 만들어내고 싶다. 무엇보다 일자리 창출이 시급하다. 일자리가 더 많이 만들어져야 청년실업과 중장년층의 실업이 줄어들고, 이것이 경제 활성화로 이어질 수 있기 때문이다.

가끔씩 일자리는 많은데 사람들이 없다는 소리를 하는 것을 듣는다. 젊은 청년들이 들으면 정말 화가 나는 소리다. 불안정하고 저임금을 받는 직장에 누가 가고 싶어 하겠는가. 실질적인 청년들의 눈높이에 맞는 일자리와 거리가 너무 먼 이야기다. 그런데 현재

남아있는 일자리는 대부분 그런 것들이다. 실질적인 청년들의 눈높이에 맞는 일자리가 창출되어야 진정한 일자리 창출이라고 할 수 있을 것이다.

또한 경기도는 남북한 통일의 중심지로 발전해 나가야 한다. 위에서도 언급했듯이 개성공단, DMZ, JSA 등 남북관계와 밀접한 관련이 있는 현장들이 모두 경기도와 인접해 있다. 현재 개성공단은 하루 빨리 정상화할 수 있도록 모든 노력을 기울이고 있다. DMZ의 경우 평화공원 추진 중에 있다. 이를 통해서 경기도를 평화통일을 여는 열쇠로 만들고 싶다.

1018년, 고려현종 때 경기도라는 지명이 처음 나왔다. 2018년이면 경기도가 생긴 지 천년이 되는 해이다. 이제 새로운 경기도의 천년이 얼마 남지 않았다. 경기도의 새천년과 함께 시작될 경기도의 새로운 역사를 도민들과 함께 하고 싶다. 경기도는 앞으로 한국뿐만이 아닌, 세계 경제, 문화의 중심지로 뻗어나가게 될 것이다.

Part

용기

삶 속에서 고난이라는 존재가 이리저리 휘젓고 다니게 되면 우리는 그 고난에 대처하기 위해 이리저리 피해보기도 하고, 때로 맞서 싸워보기도 한다.

그러는 도중에 어느새 고난을 상대하는 법을 배우게 되고 나중에는 고난에 맞서서 익숙한 전투방식으로 싸워서 승리를 쟁취하는 고난의 전문가가 되기도 한다. 반면에 고난을 겪어보지 않은 사람은 흡사 온실 속에서 자란 화초와 같다. 그런 인생은 조금만 바람이 불어도, 물을 조금만 주지 않아도 금방 시들어버린다.

근육이 성장하는 원리를 아는가? 운동을 하게 되면 근육이 상처를 받아 손상된다고 한다. 그런데 상처를 회복하기 위해 근육세포가 아무는 과정에서 근육이 더 크고 단단하게 바뀌는 것이다.

한마디로 근육이 커지는 것은 끊임없이 상처를 받으며 단련되는 과정이라고 할 수 있다. 우리 삶도 그렇다. 용기를 내어 끊임없이 달려들지만 분명 삶에는 고난이 있다. 그렇게 삶은 고난과 역경을 겪으며 점점 더 단단해지고 여물어 가게 된다.

허기, 패기, 끈기로 도전해왔던 내 삶의 여정 속에는 다 용기가 있었다. 용기가 있었기에 나는 고난과 역경을 두려워하지 않고 그 속으로 뛰어들 수 있었다. 모든 인생은 도전할 권리가 있다. 용기를 가지자!

1일 1행
나에게 하는 긍정의 말

동물원의 사자

중학교 때 집안사정으로 인해 돈을 벌려고 시작한 신문배달 아르바이트는 평생 내게 일찍 일어나는 습관을 주었고, 또한 국회의원에 낙선했던 경험은 정치에 대한 열정을 다시 한 번 깨닫게 해주었다. 지금 생각해보면 내가 겪었던 어려운 상황들이 나에게 더욱 강한 근육을 키워줬다. 이처럼 고난은 우리를 어려운 상황에 빠뜨리기도 하지만 그 고난으로 인해 우리는 평소엔 배울 수 없었던 귀한 능력을 얻기도 한다.

헬렌 켈러는 "쉽고 편안한 환경에선 강한 인간이 만들어지지 않는다. 시련과 고통을 통해서만 강한 영혼이 탄생하고, 통찰력이 생기고, 일에 대한 영감이 떠오르며, 마침내 성공할 수 있다."라고 이야기했다. 도대체 고난이 무엇이기에 이러한 힘을 가지고 있는 것일까?

동물원에 있는 사자와 호랑이들에게는 야생성이 거의 존재하지 않는다. 야생에서 살아온 사자와 호랑이는 아무리 험한 환경에서도 스스로 살아갈 수 있는 생존 능력을 지니고 있는 반면, 동물원에서 자라온 사자와 호랑이를 원래 그들이 살던 곳으로 돌려보내면 적응하지 못하고 금방 죽어버리고 만다. 편안하고 안일한 삶에 너무 익숙해져 버렸기 때문이다.

예전에 TV 프로그램에서 우연히 동물들의 야생성을 회복시켜주기 위해 동물원에서 하는 것들을 본 적이 있다. 마침 그때 치타가 나오고 있었는데 치타의 야생성을 회복시켜 주기 위해서 직원이 아주 빠른 미니 자동차를 치타가 사는 곳에 풀어놓고 치타가 그것을 잡도록 하고 있었다. 시속 80km까지 나오는 굉장히 빠른 미니 RC카였음에도 불구하고 치타는 몇 번 차를 놓치고는 금방 차를 잡아내었다.

또 다친 부엉이와 매들은 치료하고 나서 쥐를 잡게 하는 과정을 몇 번이나 거친 다음에 야생으로 돌려보내는 것을 볼 수 있었다. 야생 훈련을 거치지 않고 다시 산으로 돌아갔을 때에는 힘없이 죽어버린다는 것이 그 이유였다. TV를 보면서 힘든 환경과 거친 야생이 동물들을 더욱 강하고 튼튼하게 만든다는 것을 깨달을 수 있었다.

활어를 내륙으로 운송할 때, 가장 생생하게 활어를 운반하는 방법이 무엇인지 아는가? 바로 문어를 수조 안에 넣는 것이다. 그러면 생선들이 문어에게 잡아먹히지 않기 위해 계속 수조를 돌아다니며 긴장된 상태를 유지하고 있기에 내륙에 도착해서도 싱싱한 상태로 살아있게 된다고 한다.

이처럼 고난은 인간에게도 똑같은 역할을 한다. 고난은 인간에게 수조 속 문어와 같은 존재이다. 삶 속에서 고난이라는 존재가 이리저리 휘젓고 다니게 되면 우리는 그 고난에 대처하기 위해 이리저리 피해보기도 하고, 때로 맞서 싸워보기도 한다.

그러는 도중에 어느새 고난을 상대하는 법을 배우게 되고 나중에는 고난에 맞서서 익숙한 전투 방식으로 싸워서 승리를 쟁취하는 고난의 전문가가 되기도 한다. 반면에 고난을 겪어보지 않은 사람은 흡사 온실 속에서 자란 화초와 같다. 그런 인생은 조금만 바람이 불어도, 물을 조금만 주지 않아도 금방 시들어버린다.

너의 인생을 긍정하라

2010년 1월 19일 일본항공이 2조 엔이 넘는 부채를 감당하지 못해 법정 관리를 신청했다. 그제야 상황의 심각성을 깨달은 일본 정부는 경영의 신이라 불리는 이나모리 가즈오 회장을 설득하여 일본항공 CEO로 임명했다. 당시 이나모리 가즈오 회장은 78세로 이미 정년 퇴임을 한 이후였다.

그러나 이나모리 가즈오 회장은 놀랍게도 일본항공을 2년 8개월 만에 흑자로 전환시켜 도쿄증권거래소에 재상장 시키는 기적을 이뤄냈다. 마지막 잎새만을 남겨두고 있었던 일본항공이 극적으로 되살아난 것이다.

그런 그가 처음부터 순탄한 길만을 걸어왔던 것은 아니었다. 중학교 입학 실패, 결핵 투병, 대학 입시 실패, 취업 실패, 회사에서 어렵게 개발한 신상품 20만 개가 모두 불량으로 판정되어 반환되는 등 어려움은 쉴 새 없이 그의 삶에 몰려들었다.

그러나 그는 포기하지 않고 불굴의 열정으로 부딪쳤고 마침내 그는 300만 엔으로 시작한 교세라를 세계 굴지의 100대 기업으로 키워내게 된다. 그의 자서전에서 그는 자신의 삶을 회고하며 이런 말을 남겼다.

"추운 겨울을 보낸 봄 나무들이 더 아름다운 꽃을 피우듯이, 인생을 살면서 경험한 셀 수 없이 많은 고난과 좌절이, 나중에는 성공의 토대가 되어 주었다."

나 또한 내 인생의 수많은 겨울을 지내며 자랐다. 재수를 하면 하늘이 무너지는 줄 알던 시절, 나는 원하는 학교에 합격하지 못해 재수를 해야 했다. 큰 충격을 받으신 아버지는 수원역에서 탄 기차를 송탄역에서 내리지 못해 천안역까지 갔다가 오시기도 했다.

나는 포기하지 않고 열심히 공부한 끝에 고려대에 들어갈 수 있었다. 그때 재수를 해서 고려대에 들어가지 않았다면 어땠을까. 내 평생의 동반자, 서세레나도 만나지 못했을 것이고 정치외교학과를 복수 전공하면서 배운 정치 지식 또한 없었을 것이다. 지금 생각하면 재수가 나의 운명을 바꿔놓은 셈이다.

총선에서의 낙선 경험은 또 어떠한가. 그 경험은 나에게 민심이 얼마나 중요한지 뼈저리게 느끼게 해주었고 나는 그 경험을 내 자산으로 삼아 지금도 항상 민심을 최우선적으로 바라보는 정치를 하고 있다.

그렇다면 나는 어떻게 다시 일어설 수 있었을까? 지금 생각해보면 긍정의 말이 큰 역할을 했던 것 같다. 재수하는 시절 동안 나는 스스로에게 "괜찮아."라고 매일 외쳤다. 마치 밥을 먹듯 아르바이트를 하면서도, 재수학원에 가서도 "괜찮아. 할 수 있어."라는 말을 최면을 걸듯 스스로에게 말했다. 낙선했을 때도 마찬가지였다. "원유철! 너는 할 수 있어."라고 나는 항상 거울을 보며 외쳤다.

따뜻한 위로와 긍정의 말은 진흙탕에 빠져있던 내 자신을 천천히 끌어올리는 계기가 되어주었다. 그 말은 주문처럼 내 마음에 박혀들었고 나는 매일매일 나에게 하는 긍정의 말로 크나큰 용기와 위로를 얻을 수 있었다. 그 용기와 위로가 나를 다시 일어서게 만든 밑바탕이었다.

이처럼 긍정의 말은 무척이나 중요하다. 실패에서 벗어나기 위해선 자기 자신에게 우선 실패와 상관없다는 투로 긍정의 말을 해야 한다. 사람은 몸보다 마음이 느린 존재이다. 몸으로 행동하고 나면 나중에야 마음이 뒤늦게 따라오게 되어 있다.

몸으로 먼저 '괜찮아.'라고 말하자. 그러면 마음이 서서히 뒤따라오기 시작한다. 정말 괜찮은 것으로 여기기 시작한다. 그리고 언제 그랬냐는 듯 부정적인 마음들을 털어버린다. 이것이 바로 긍정의 말이 가져오는 힘이다.

너에게 외쳐라!

축구 선수들이 똑같은 식물을 나란히 놓고 날마다 축구 시합이 끝나고 나면 각각의 식물에게 다른 말을 해주고 퇴장했다고 한다. 한 식물에게는 "넌 괜찮아." "넌 잘할 수 있어." "넌 참 예쁘구나." 이런 긍정적인 말을 하고 다른 한 식물에게는 "넌 왜 이렇게 못났니." "너는 아무 쓸모가 없어." 이런 부정적인 말을 해주었다고 한다.

한 달이 지난 후, 긍정적인 말을 들은 식물은 더욱 더 푸르고 크게 자라난 반면, 부정적인 말을 들은 식물은 시들시들해져서 죽어 버렸다고 한다. 이처럼 말의 힘은 너무나 크고 중요하다.

미국의 대통령 링컨도 여덟 번이나 선거에서 낙선한 경험이 있었다. 또 그는 자신이 시도한 두 번의 사업에서도 모두 실패했다. 그러나 그 때마다 그는 "괜찮아. 길이 약간 미끄럽긴 해도 낭떠러지는 아니야."라고 스스로를 다독였다. 그렇게 고난을 이겨낸 끝에 결국 그는 미국의 대통령이 될 수 있었다.

고난이 닥치면 누구나 실패하고 넘어질 수 있으며, 한번에 크게 성공하는 인생은 극히 드물다. 그러니 실패했다고 주저앉지 말자. 실패 또한 삶의 일부분임을 받아들이고 더 큰 꿈과 희망을 놓치지 않는 것이 중요하다.

한번 큰 역경을 딛고 일어서면 그보다 작은 일은 어렵지 않게 넘길 수 있게 된다. 큰 실패를 딛고 일어선 경험이 앞으로 다가올 많은 실패들에 대해 강한 면역력을 가지게 해주는 것이다.

나 역시 실패도 경험했다. 그러나 그때마다 나는 "괜찮아!"라고 외치며 삶에 정면으로 부딪쳤고 그러자 인생은 나에게 길을 열어

주었다. 끊임없는 긍정의 말과 생각이 나를 이끈 가장 중요한 에너지였다.

하루에 한 번 긍정의 말을 자신에게 외쳐라! 꺾이지 않는 의지는 바로 마음에서 나온다. 뜨겁게 자신을 사랑하라. 포기하지 않는 열정을 가져라. 자신의 삶을 사랑하는 열정이 있는 사람은 이미 꽃을 피울 준비가 되어있는 사람이다. 낙심하지 말고 꽃피울 준비를 하라. 겨울이 다가왔듯 봄이 올 것이기 때문이다. 긍정의 마음이 당신을 온갖 폭풍우에도 흔들리지 않는 반석 위에 선 자로 만들어 줄 것이다.

엘리베이터보다는 계단이 좋다

쉬운 인생은 없다

'낙하산 인사'라는 말이 있다. 누구든 쉽게 올라갈 수 없는 자리를 쉽게 꿰찰 수 있다는 점에서 '낙하산 인사'는 많은 사람들의 비난의 대상이 되곤 한다. 또 실력 없는 사람들이 '낙하산 인사'로 인하여 요직에 자리 잡게 될 경우 아래 직원들이 고통을 받기도 한다.

나는 이것을 두고 보통 엘리베이터를 탔다고 말한다. 많은 사람들이 이러한 인생의 엘리베이터를 타길 원한다. 계단의 인생과 엘리베이터의 인생이 있다면 누구나 엘리베이터를 택하지 않겠는가? 인생의 엘리베이터는 어찌 보면 쉽고 빠르다.

그러나 엘리베이터는 인생의 여정에 있어서 아주 중요한 것을 놓치고 지나가게끔 만든다. 인생에는 1층, 2층, 모든 층이 다 의미가 있고 중요하기 때문이다. 그렇기에 난 계단으로 올라가는 용기를 내라고 말해주고 싶다.

계단으로 한 층, 한 층 오르는 것은 힘이 들지만 올라가다 보면 어느새 다리가 튼튼해져 더 많은 것들을 배울 수 있기 때문이다.

10kg의 역기를 들고 운동을 하다가 갑자기 50kg의 역기를 들고 운동을 한다고 해보자. 이렇게 하면 근육이 심하게 손상될뿐더러 크게 다칠 수도 있게 된다. 10kg, 20kg, 30kg… 이렇게 올바른 순서를 거쳐서 무게를 점차 증강시켜왔다면 50kg의 역기를 드는 것도 문제가 없을 것이다.

인생에 있어서도 마찬가지다. 인생은 10kg, 20kg, 천천히 무게를 올려나가듯 배워나가야 한다. 걸음마도 배우지 않았는데 뜀박질부터 할 수는 없다.

높은 자리에 올라갈수록 책임져야 할 것도 많고 해야 할 것도 많다. 1층, 2층, 3층…. 차근차근 삶을 배우면서 많은 것들을 경험하고 온 사람일수록 높은 자리에 올라도 모든 일을 무리 없이 해낼 수 있는 반면에, 갑자기 1층에서 5층으로 올라온 자는 많은 것들을 제대로 하지 못할뿐더러, 크게 다칠 수도 있다.

송나라의 정이程頤라는 학자가 말하기를 인생에는 세 가지 불행이 있다고 했는데, 어린 나이에 과거 시험에 급제하는 것이 첫 번째요. 부모와 형제의 권세를 빌려 좋은 벼슬을 하는 것이 두 번째요. 높은 재주가 있어서 문장을 잘하는 것이 세 번째 불행이라고 하였다.

그 이유는 어린 나이에 성공하면 자만하여서 중년에 크게 실패할 수 있고, 집안의 권력으로 성공하면 자신의 실력이 부실해 결국 실패하게 되고, 말을 잘하고 글을 잘 쓰면 덕이 없이 경솔하여 스스로 만족하기가 쉽기 때문이라는 것이다. 그렇기에 인생에 있어서만큼은 엘리베이터를 타는 것이 좋다고 할 수가 없다. 그 부작용이 꽤나 심하기 때문이다. 급하게 가려다가 사고가 날 수도 있다.

그래서 난 인생의 계단을 오르는 것을 더 추천한다. 꼭 필요한 단계들을 거치고 밟아 나간 사람만이 인생에서 진정한 성공에 이르게 된다. 성공이란 그 사람의 자리가 증명해주는 것이 아니라 그 사람이 어떠한 여정을 거쳐 이 자리까지 이르렀나에 달려있기 때문이다. 이처럼 인생에 있어서 중요한 것은 꾸준히, 또 천천히 올라가는 것임을 우리는 잊어서는 안 된다.

인생 근육 키우기

물론 계단을 오르기 위해서는 쉽지 않은 노력이 필요하다. 배우 지망생, 가수 연습생들도 처음엔 사무실 바닥에 걸레질 하는 것부터 배운다고 하지 않는가. 인생에 있어서 계단으로 올라간다는 것은 아무 상관도 없어 보이는 일부터 차근차근 하나씩 배워나가는 것을 의미한다.

바로 마음가짐을 배우는 일이다. 용기와 의지가 필요하다. 계단으로 올라가기로 마음먹은 만큼, 단단히 각오를 해야 한다. 다리가 후들 거릴 수도 있고 지쳐서 잠시 쉬어가야 할 때도 있다. 어쩔 때는 포기하고 싶다는 생각이 들만큼 힘이 들 것이다. 그러나 바로 그 때에 당신의 근육이 자라고 있음을 잊지 말라. 그리고 한 걸음을 다시 떼라.

정치 또한 계단을 오르는 것과 같다. 한 층씩, 천천히 인내와 꾸준함으로 걸어 올라가야 한다. 정치에서 엘리베이터를 탄다는 것은 시민들의 고충을 생각하기보다 자신의 지위를 높이는 데에 더 급급하고 있다는 안 좋은 신호이다. 빠르고 급하게 일을 처리하다가는 국민들에게 피해를 안겨주기가 더욱 쉽다.

계단으로 올라가다 보니 자연스레 주위의 풍경에 시선을 돌리게 된다. 내가 시선을 돌린 곳에는 많은 시민들의 모습이 있었다. 시민들은 내게 여러 가지 이야기를 해주었다. 시민들이 말해준 고충에는 많은 시민들의 피와 눈물이 담겨 있었다. 그 한 가지를 해결하기 위해 많은 수고와 걸음을 옮겨야 하는 경우가 적지 않았다.

그렇기에 한 걸음씩, 천천히 많은 것들을 돌아보고 감싸 안으며 전진했다. 시민의 입장에서 바라보고, 시민의 시선으로 발걸음을 떼는 법을 배워나갔다. 그렇게 시민들의 고충을 해결하면서 한 걸음씩 올라가다 보니 어느새 내 다리에는 튼튼한 근육이 붙어 있었다. 시민들의 믿음과 나의 경험이 합쳐진 소중한 근육이었다. 그 근육은 앞으로의 정치 생활에 있어서 모든 역경을 이겨내게 해줄 나의 귀한 자산이다.

나는 지금까지 해왔던 것처럼 천천히 국민들과 같이 한 계단 한 계단을 오르면서 함께하고 싶다.

계단의 삶을 살아갈 수 있도록 용기를 내자. 언젠가 그 삶이 당신에게 그 무엇도 두렵지 않을 힘을 가져다 줄 것이다.

청춘, 결혼을 말하다

놓칠 수 없는 여자

'차 한 잔만 마시자고 하자.'

그렇게 다짐을 하고 몇 분씩 머뭇거리고 있었다. 평소에 참 당당했던 나였는데 왠지 그날따라 쭈뼛쭈뼛거리는 게 나답지 않았다. 내가 이렇게 긴장을 하다니. 그렇게 긴장됐던 적은 난생처음이었다.

대학에 합격한 82년 1월 어느 오후였다. 당시 내가 자주 갔던 종로서적에 들렀다가 친구와 밥을 먹기 위해 약속을 해놓은 패밀리레스토랑에서 한 여자를 만났다. 얼마나 그 여자를 지켜봤는지 기억이 나지 않는다. 첫 눈에 반했다는 건 말도 안 되는 소리라고 생각했는데 그런 현상이 내게 벌어지고 있었다.

차분해지자고 속으로 몇 번을 되뇌었지만 심장은 도통 가라앉질 않았다. 눈도 고장 났는지 레스토랑 안에 그녀만 앉아 있는 듯 보였다. 그녀만 있다면 이 추운 겨울도 따뜻할 것만 같았다.

그녀를 놓칠 수 없단 생각에 결심을 하고는 그녀에게 다가갔다. 그 순간만큼은 겁 없던 나도 떨리고 두려웠던 것 같다. 무슨 영문인지 몰라 나를 멍하니 쳐다보는 그녀 앞에 서서 떨리는 목소리로 물었다. "친구가 좀 약속에 늦는데, 잠시 같이 커피를 마셔도 될까요?" 그녀는 잠시 고민하다가 수줍은 듯 괜찮다고 대답했다. '오케이!' 겉으로는 태연했지만 속으로는 펄쩍펄쩍 뛰어다니고 있었다.

그녀의 이름은 '서세레나'였다. 대대로 천주교 집안이어서 이름을 세례명으로 짓게 됐다고 했다. 서세레나는 후에 내 아내가 됐다. 패밀리레스토랑에서 진짜 패밀리를 만나게 된 것이다. 철학과를 졸업하던 해인 2월 3일, 서초구 잠원동에 있는 중식당에서 양가 부모님을 모시고 조촐하게 약혼식을 했다.

　　그리고 몇 달 후 8월에 송탄성당에서 결혼식을 올렸다. 결혼 후에 나는 공부에 전념했다. 정치 외교학을 1년간 복수 전공했다. 아내는 내 꿈을 믿어주고 조용히 뒷바라지를 해줬다. 아내가 도와줬기 때문에 나는 공부에 매진할 수 있었다. 아내가 없었다면 그렇게 열심히 공부할 수 있었을까. 잘 상상이 가지 않는다.

　　아내 덕분에 나는 천주교 신자가 됐다. 명동으로 데이트를 가자는 그녀의 말에 무심코 따라나섰는데 알고 보니 성당이었다. 처음에는 성당이 너무 불편했고 미사를 드리는 것도 귀찮았지만 그녀의 성화에 못 이겨 따라갔다. 그런데 어느 순간부터 마음에 안정이 되기 시작했다. 고해성사를 하고나면 마음이 너무 편하고 새 힘을 얻는 느낌이었다. 그 뒤로 나 역시 자발적으로 성당에 다니게 됐다. 나중에는 세례도 받았다.

　　나의 세례명은 '다미아노'이다. 세례명을 생각하니 아내 이름에 대한 에피소드가 기억난다. 예전에 동료 국회의원과 부부 동반으로 일본 여행을 간 적이 있다. 당시 일본에 입국심사를 할 때 한자 이름을 써야했는데 아내 이름이 한자가 아니어서 혼자 입국 심사를 빠져나오지 못한 적이 있다. 그때 당황하던 아내의 모습이 아직도 눈에 선하다.

결혼은 축복이다

갑자기 나와 아내의 첫 만남을 이야기한 것은 젊은이들에게 결혼에 대한 긍정적인 말을 해주고 싶었기 때문이다.

최근 보건복지부 조사 결과, 결혼 필요성에 대한 긍정적 인식이 미혼남녀 모두 감소했다고 한다. 결혼이 반드시 필요하지 않다고 생각하는 미혼남녀들이 계속해서 늘어나고 있는 것이다. 남성은 고용 불안정, 여성은 결혼 비용 부족을 가장 큰 이유로 뽑았다. 계속된 경기불황이 미혼남녀의 혼사 길마저 막고 있었다.

그 기사를 보면서 마음이 참으로 씁쓸했다. 나는 이 세상에서 계산해서는 안 될 것이 두 개가 있다고 생각한다. 바로 정치와 결혼이다. 젊은 시절에는 돈보다 더욱 중요한 것이 있는데 바로 '때'이다.

'이 사람과 결혼할까 말까' '돈이 없는데 지금은 결혼하면 안 되지 않을까' 이렇게 고민하다 보면 때를 놓칠 수 있다. 중요한 것은 때는 놓치면 다시는 돌아오지 않는다는 것이다. 젊은 시절은 결코 돌아오지 않는다.

젊은 시절에 돈이란 것은 있을 수도 있고 없을 수도 있는 것이
다. 돈이라는 것 때문에 고민하다가 젊은 시절을 결혼도 하지 못
하고 그냥 보내게 된다면 그 지나간 시간은 누구도 보상해줄 수가
없다. 또 돈이 있다고 해서 행복한 결혼 생활을 하게 되는 것이냐
면 그게 그렇지도 않다. 뻔한 이야기일 수도 있지만 돈보다 중요한
것이 서로의 사랑이다.

나와 아내의 신혼 생활은 거의 '빈민' 수준이었다. 유일한 수입원
이었던 아내의 화장품 가게 수입을 내가 대선과 총선을 돕느라 모
조리 써버렸기 때문이었다. 게다가 그나마 있던 작은집마저도 날
아가게 돼서 단칸방으로 이사해야 했다. 하지만 단칸방에서도 우
리는 함께 있을 수 있다는 이유만으로도 행복했다. 신혼 생활 동안
7, 8번 정도 이사를 다니고, 도배할 돈도 없어서 그때마다 친구들
이 도배를 도와줘서 간신히 버틸 정도였지만 서로 의지하면서 살
아갔다.

차라리 단칸방에서 살게 될지라도 결혼을 해서 둘이 힘을 합쳐
이겨내는 것이 낫다는 게 내 생각이다. 결혼할 시기를 놓치게 되면
돈이 생긴다 해도 오히려 재정이 없는 젊을 때보다 결혼이 더 힘
들어지고 만다.

또한 결혼은 최고의 아군을 얻는 일이다. 아내와 반평생을 함께 해온 지금, 좁은 단칸방 속에서도 묵묵히 나를 믿어준 아내의 신뢰가 내 인생의 가장 큰 힘이었다는 걸 난 안다. 아내는 강한 사람이었다. 가난한 살림에 돈을 벌어오기는커녕 내가 직장을 관두고 정치계에 나가 활동하는 것을 묵묵히 이해해주었다.

국회의원의 아내는 선거를 치르고 나면 없었던 암이 생긴다는 우스갯소리가 있다. 그만큼 선거를 뒷바라지 하는 것이 고되고 힘들다는 것을 뜻하는 말이리라. 그런 힘든 일을 아내는 묵묵히 아이를 키우면서 몇 번이나 감당해냈다. 그런 아내의 희생이 없었다면 내가 지금 이 자리까지 올 수 있었을까?

가난하고 힘든 어려운 시절을 함께 이겨냈기에 나와 아내의 사이는 지금도 신혼 생활 때처럼 끈끈하다. 혼자였다면 나와 아내 모두 견뎌내지 못했을 것이다. 서로 지켜내야 할 것이 있었기에, 함께 힘을 합쳐서 그 시기를 견뎌낼 수 있었다.

최근 아내는 국민대학교 사회복지학과 겸임 교수로 일하고 있다. 아내는 사회복지학 분야에서 나에게 도움을 많이 주었다. 내가 국방위원장으로 있을 당시, 군인 복지에 대해서 연구하여서 나에게 군인복지에 대한 조언을 많이 해주었다. 그 덕분에 나는 군복무를 하고 있는 병사들에게 실질적인 복무 혜택이 돌아가게끔 정책 방향을 짜게 되었다.

아직도 결혼을 고민하고 있다는 청년이 있다면 이 글로 인해 조금쯤은 생각이 바뀌었을 것이라 믿는다. 결혼은 가장 고귀한 인생의 동반자를 만나는 행운이기 때문이다. 때론 다투기도 하지만 결혼 생활은 분명 화합과 배려라는 중요한 가치를 배워나가는 인생의 필수적 통과의례이다.

아내를 만난 것은 내 인생의 전환점이자 기회였다. 앞으로의 내 인생에 있어서도 아내는 나의 든든한 지원자가 돼줄 것이다.

케롤린 헤이브룬은 "결혼은 사랑이 가져올 아픔을 감수하고, 사랑을 지키고, 그것 없이는 삶이 불가능하다는 것을 인정하는 것이다."라고 말했다. 우리의 인생도 배우자와 함께 여생을 걸어갈 때, 삶은 더욱 빛나고 가치 있게 여물 것이다.

꿈을 잃은 젊은이들에게

꿈은 청춘의 권리이자 의무이다

꿈을 잃어버린 20대들이 늘어나고 있다. 국회의원을 하면서 종종 청년들을 만나 상담할 기회가 있다. 그러다 보면 자신이 뭘 해야 하는지를 모르는 친구들이 참 많다. 원하는 대학에 가지 못했다고 자신을 실패자로 여기고, 대기업에 들어가기 위해 자신의 모든 것을 바치는 젊은이들이 너무나도 많다.

자신의 정체성을 찾기보다는 세상의 기준과 다른 사람들의 시선에 맞추기 위해 살아가다가 자신의 것을 잃어버리고 만 것이다. 꿈이 뭐냐고 물어보면 대기업에 들어가서 연봉을 많이 받는 것이라고 대답하는 젊은이들을 보면서 가슴이 아팠다. 세상을 바꾸자고 정치의 길에 뛰어들었지만 내가 젊은이들에게 꿈꿀 수 있는 세상을 만들어주지 못해서 미안했다.

꿈을 잃은 세대는 비단 20대, 30대들만의 이야기가 아니다. '세대 공감 1억 퀴즈쇼'라는 프로그램에서 현재 초등학생의 장래희망을 조사했는데 충격적이게도 '공무원'이 1위를 차지했다고 한다. 물론 공무원은 좋은 직업이지만 어린 아이들이 획일적이고 안정적인 꿈을 꾸고 있다니 놀라웠다.

어린이들의 꿈이라면 과학자도 나오고 운동선수도 나오고 카레이서도 나오고 경찰관도 나와야 하는 것 아닌가? 아이들이 벌써 힘든 세상살이를 걱정하는 것은 아닐까. 돈 잘 벌고 안정적으로 살 수 있는 직업에 대한 어른들의 욕구가 아이들에게까지 영향을 끼친 것은 아닐까하는 생각이 들었다.

그렇게 초등학생 때부터 중학교, 고등학교 때까지 명문 대학을 가는 것이 꿈이었던 청년들이 제대로 된 꿈을 꾸지 못하는 것은 어찌 보면 당연한 이야기일 수도 있다. 자신이 하고 싶은 일보다 돈을 잘 벌고 안정적인 일을 하는 것이 좋은 일이 되어 버렸다.

그러나 아이러니하게도 돈을 잘 벌고, 안정적인 직업에 들어갔다고 해서 행복한 삶을 살 수 있는 것은 아니다. 그런 조건을 충족시키는 좋은 직장에 들어가서도 자신과 맞지 않음을 발견하고 1년도 못 되어 금세 나와 버리는 청년들이 꽤나 많다. 또 계속 일을 하고 돈을 벌지만 삶의 의미는 찾지 못해 하루하루를 그저 쳇바퀴 돌듯 보내기도 한다.

이 두 가지 모두 자신의 돈과 안정감을 추구하기 때문에 생겨난 결과이다. 돈과 안정감 모두 결코 궁극적인 삶의 목적이 될 수 없기 때문이다. 방향을 잃어버린 성공은 표류하고 있는 배와 같다. 아무리 빠른 속도로 달린다 해도 나침반이 없기에 결코 목적지에 닿을 수 없다. 그 배는 결국 바다에서 길을 잃고 떠돌아다니게 될 것이다.

보이기에 목숨 걸다

꿈을 찾지 못해서일까? 자신의 진짜 내면의 모습보다는 겉모습과 스펙 등 남들에게 보이기에만 집중하는 세태가 만연해진 것 같다. 요즘 대학생들에게 스펙 쌓기는 유행을 넘어서 기본이 됐다.

알프스 등산 스펙이라는 것이 있다. 스펙 대행 업체에서 해주는 일종의 알프스 등산 대행을 말하는 것인데 돈만 주면 자동차로 알프스 산맥 근처까지 올라간 다음, 몇 백 미터만 걸어가서 사진만 찍고 다시 내려오게 해주는 것이다. '모험을 즐긴다' '도전적이다'라는 스펙을 추가시키기 위하여 이런 일들조차 대학생들 사이에 성행하고 있다.

이것을 비단 청소년과 대학생들의 잘못으로 치부할 수만은 없는 노릇이다. 그들을 만든 건 바로 대한민국 사회의 현실이다. 고학력을 가졌음에도 불구하고 취업 불안정이 갈수록 높아져만 가는 시대가 스펙주의를 만들어내었다. 또 연예인들이 한류 문화의 중심 아이콘으로 자리 잡으며 활동하자, 어린 아이들은 연예인을 자신들의 영웅으로 추앙하며 얼짱주의를 만들어냈다.

그러나 아이러니하게도 이렇게 남들에게 멋있어 보이고, 돈을 잘 벌고, 안정적인 직업에 들어갔다고 해서 행복한 삶을 살 수 있는 것은 아니다. 남들에게 보이는 삶에 집착한 나머지 정작 본인은 불행해지는 사람들도 있다. 또한 좋은 직장에 들어가서도 자신과 맞지 않음을 발견하고 1년도 못 되어 금세 나와 버리는 청년들이 꽤나 많다.

이 두 가지 모두 자신의 돈과 안정감, 욕망을 추구하기 때문에 생겨난 결과이다. 돈과 안정감, 욕망 모두 결코 궁극적인 삶의 목적이 될 수 없기 때문이다. 방향을 잃어버린 성공은 표류하고 있는 배와 같다. 아무리 빠른 속도로 달린다 해도 나침반이 없기에 결코 목적지에 닿을 수 없다. 그 배는 결국 바다에서 길을 잃고 떠돌아다니게 될 것이다.

꿈을 잡아야 한다

무슨 꿈을 잡아야 하는가? 나는 어렸을 때부터 사람들 앞에 나와서 말하는 것을 좋아했다. 아마도 정치와 운명적인 관계가 있었음에 틀림없었다. 그랬기에 초등학교 때부터 반장, 부반장을 놓쳐본 적이 없었고 초등학교 4학년 때에는 전학 온지 3일 만에 반장 선거에 나서서 부회장으로 당선되기까지 했다.

나는 점차 세상을 바꾸고 싶어졌고 정치인을 꿈꾸게 됐다. 그래서 당돌하게 대학생 신분으로 정당에 직접 찾아가서 일을 해보고 싶다고 했다. 돈이 되지 않더라도, 내 미래를 안정시켜주지 않더라도 상관없었다. 나중에는 돈도 없고 당도 없는 상황에서 모두가 반대했지만 도의원 선거에 출마했다. 이유는 간단했다. 그것만이 내 가슴을 뛰게 했다. 그래서 나는 도전하고 달려들 수 있었다.

나는 우리나라의 대학생들에게 이처럼 말해주고 싶다. 자신의 가슴을 뛰게 하는 것이 있다면, 바로 그것을 붙잡으라고 말이다. 물론 꿈을 위해 도전하는 것이 쉬운 일은 아니다. 도전하는 과정 속에서 숱한 좌절을 맛볼 수도 있다.

나 역시 그랬다. 정치 활동을 하며 힘든 일을 많이 겪었다. 가망 없는 싸움에 내 모든 것을 걸고 뛰어들었고 도전에 실패한 후에 는 가정을 위해 꿈을 잠시 접고 직장에 들어가야 했다. 그러나 나 는 포기하지 않고 다시 도전했고, 결국 지금에 이를 수 있었다. 지 금 생각하면 그 모든 것이 나에게 교훈을 주고 배움을 주는 중요 한 계기가 되어주었음을 부정할 수 없다.

세계적인 베스트셀러 작가 '무라카미 하루키' 또한 작가의 꿈을 포기한 적이 있었다. 그는 와세다대학 영화연극과에 입학해서 처 음으로 시나리오를 썼는데 심한 혹평을 받았다고 한다. 그래서 그 는 꿈을 포기하고 카페를 운영했다. 하지만 글을 쓰고 싶은 마음을 포기할 수가 없었다. 결국 그는 글을 쓰고 싶다는 생각에 펜을 붙잡았다. 그래서 쓴 것이 그의 처녀작인 「바람의 노래를 들어라」이다.

그는 이 작품으로 군조신인상을 타서 문단에 데뷔하게 되었다. 그러나 또 한 번 하루키는 소설이 너무 가볍다는 이유로 '누구나 쓸 수 있다'는 사람들의 비난을 받았다. 그때 하루키는 굴하지 않고 말했다.

"나도 그렇게 생각한다. 누구나 이런 소설을 쓸 수 있다. 그러나 그런 말을 한 사람 어느 누구도 소설을 쓰지 않았다. 그러나 나는 썼다."

나는 하루키의 말에 적극 공감한다. 누구나 꿈을 꿀 순 있어도 그것을 실천하기란 어려운 법이다. 그러나 실패와 비난을 겪었다고 해서 도전하는 것을 두려워해서는 안 된다. 결국엔 실패마저도 자신의 경험이고, 소중한 인생 자산이 되어줄 것이다.

그렇게 하고 싶은 일을 찾아 꾸준히 정진하다 보면 결국 꿈을 이루는 자신을 보게 될 것이다. 꼭 큰 성공을 이루거나 유명세를 타야 한다는 말이 아니다. 자신이 만족할 수 있고, 행복한 일을 할 수 있다는 것 그 자체만으로 이미 꿈에 한 발짝 다가가 있는 것이다.

사실 젊은 세대들이 이렇게 꿈을 잃어버리게 된 것을 두고 마냥 젊은 세대들만을 탓할 수는 없다. 지금 청춘들이 꿈을 잃어버리고 살아가는 것은 그들을 이렇게 몰고 간 기성세대의 잘못이 클 것이다. 살아가기 강퍅한 세상을 만들고 어려서부터 과도한 경쟁에 몰아넣은 것에 우리의 잘못이 있음을 부정할 수는 없다.

그렇다고 해서 기성세대의 탓을 해가면서 주저앉아 있다면 그것은 변명이고 자신의 삶을 낭비하는 것뿐이라고 나는 말해주고 싶다. 청춘은 돌아오지 않기 때문이다. 한번뿐인 인생의 시간을 불평과 불만으로 보내지 말라! 자신의 꿈을 위해 인생을 바친다면 그 삶은 그 무엇보다도 가치 있고 뜻 깊은 삶이 될 것이다.

도전하라! 나는 오늘도 그대들의 도전을 응원하고 기다리고 있다.

여유와 진심으로
시련을 극복하기

대한민국은 스트레스의 나라다. 대한민국 행복지수는 OECD 가입국 중 하위권이다. 대한민국 국민 모두는 어렸을 적부터 무한경쟁에 시달린다. 초등학교부터 학업의 압박이 시작된다. 그리고 고등학교 때 입시의 정점에 선다. 수능 점수로 갈 수 있는 대학교가 정해진다. 갈 수 있는 대학교에 따라서 서열이 매겨진다.

물론 좋은 대학교에 갔다고 해서 안심할 수는 없다. 취업을 위해서는 더 치열한 경쟁을 해야 하고 막상 취업을 하고 나면 엄청난 업무에 파묻히게 된다. 우리나라 직장인들은 연평균 2,193시간을 직장에서 업무를 하며 보낸다. OECD 국가 중 2위에 랭크될 정도로 업무시간이 매우 많은 편이다. OECD 평균 업무시간인 1,749시간과 비교하면 무려 400시간 정도 차이가 난다는 것을 알 수 있다.

취업해도 경쟁은 마찬가지다. 승진을 위해서도 경쟁해야 하고 최근 평생직장이라는 개념이 사라지면서 사람들은 항시 직장을 떠날 준비를 해야 하는 처지에 놓이게 되었다. 그 덕분에 평생직장 대신에 평생준비라는 말이 유행하고 있다. 언제 회사를 옮겨야 할지 모르기 때문에 항상 자신만의 스펙과 이력을 준비해두어야 한다. 평생이 전쟁이다 보니 행복해질 수가 없다.

세상을 살다 보면 경쟁에서 밀려나기도 하고 뜻대로 안 되는 경우들이 많아. 〈하드코어 인생아〉라는 노래 제목도 있을 정도로 요즘 세상 살기는 참 힘들다. 높은 자살률은 얼마나 세상 살기가 힘든지 잘 보여주는 지표다.

그래서 한때 대한민국에 힐링이라는 말이 유행이었고 지금도 많이 쓰이고 있다. 하지만 세상을 살아가는데 힐링만으로는 살아갈 수 없다. 결국, 본인이 이겨내야 한다. 그렇다면 어떻게 힘든 세상살이를 이겨낼 수 있을까?

한 가지는 바로 여유다. 삶이 이렇게 힘든데 어떻게 여유를 가질 수 있느냐고 되묻는 사람도 있을 것이다. 여유는 시간과 물질이 충분할 때 나오는 것이 아니라 바로 자신의 마음가짐에서 나온다.

미국에서 가장 존경받는 대통령인 링컨은 인생에서 수도 없이 실패했다. 선거에서 수없이 떨어졌고, 사업에서도 실패를 했다. 하지만 그는 늘 여유와 유머를 잃지 않았다. 많은 전문가들은 그가 대통령에 당선되고 노예해방 같은 큰일을 해낼 수 있었던 이유로 그의 여유 있었던 태도와 유머 감각을 꼽는다.

링컨이 상원 의원으로 출마해 상대편 후보인 더글러스 후보와 합동 연설을 할 때였다. 더글러스 후보는 연설에서 금주령 시절에 링컨이 상점에서 술을 팔았던 과거를 비난했다. 그러자 링컨은 "그 술을 제일 많이 사간 사람이 더글러스 후보이고 더글러스 후보는 아직도 술집에 드나들고 있다."라고 말을 해 좌중을 웃음바다로 만들었다.

그 후 다시 링컨과 맞붙은 더글러스 후보는 지지 않고 "링컨이 두 개의 얼굴을 가진 이중인격자"라며 비난을 퍼부었다. 링컨은 또 침착히 "만약 제가 두 얼굴을 가졌다면, 오늘같이 중요한 날 왜 하필 이런 못생긴 얼굴로 나왔겠습니까?"라며 또 좌중을 웃게 했다.

링컨은 더글러스와의 상원의원 선거에서 모두 패배했다. 하지만 그의 여유 있고 유머 있는 연설은 그를 유명하게 만들었고 결국은 대통령의 자리까지 올라가게 했다.

이렇게 여유와 유머를 가지고 있다면 상황을 뒤집을 수도 있다. 여유와 유머는 단지 나 자신에게만 힘을 주는 것이 아니라 주위 사람들에게도 힘을 줄 수 있다는 장점이 있다. 나 역시 여유와 유머를 잃지 않기 위해 노력한다.

평소에는 아침 7시부터 오후 7~8시까지 일정이 잡혀 있고, 주말에도 쉬지 않고 업무를 하는 것이 보통이다. 그러다 보니 스트레스가 참 많다. 바쁜 도중에 사무실 직원이 실수라도 하면 일정이 꼬이기도 한다. 물론 나도 그럴 때 스트레스를 받지만, 농담으로 상황을 넘긴다.

또 한 가지 시련을 이기는 방법은 진심이다. 내가 좋아하는 말 중에 하나가 바로 "진심은 통한다."라는 말이다. 빌 클린턴 대통령의 아내였던 힐러리 클린턴은 정치활동 시작할 때 이유 없이 많은 비난을 받았다. 전직 대통령의 아내라는 이유로 사람들은 색안경을 꼈고, 그녀가 정치활동을 하자 인신공격과 원색적인 비난을 했다.

클린턴 대통령이 그녀에게 국민건강보험 개정을 맡겼을 때가 정점이었다. 의료법 개정으로 손해를 보게 될 보험회사들은 로비 등으로 반대했고 대통령을 등에 업고 설친다고 비난을 퍼부었다. 국민건강보험 개정은 실패했고 그녀에 대한 공격은 계속됐다. 해명하기 위해서 방송에 나갔지만, 말이 와전되는 바람에 더 큰 비난을 받기도 했다.

사람들 눈에는 그녀는 그저 '대통령 남편을 믿고 설치는 똑똑한 여자'였을 뿐이었다. 그녀는 그런 비난을 모두 감내했다. 그 후 그녀에게 또 하나의 시련이 생겼다. 바로 남편 빌 클린턴의 성추문이었다. 탄핵까지 언급될 정도로 빌 클린턴은 위기를 맞았다. 하지만 그녀는 남편의 잘못을 용서하고 남편을 지켜줬다. 미국 국민들은 그녀에게서 새로운 모습을 봤다. 그리고 그녀는 꾸준히 자신의 진정성을 보여줬다.

그녀는 자신이 관심이 있었던 자선활동을 꾸준히 했고 성공적으로 기금 조성을 했다. 이런 노력 끝에 그녀는 2000년도에 미국 상원의원이 됐고 여성, 복지, 교육 분야에 기여를 해 미국에서 가장 영향력 있는 정치인 중의 한 명이 됐다.

나 역시 탄핵 역풍으로 17대 총선에서 낙선했다. 패배는 충격적이었지만, 나는 더 좋은 정치인이 되기 위해 유학을 갔고 돌아온 후에 경기도 정무부지사 등으로 지역을 위해 계속해서 일했다. 내 진심이 알려졌는지 결국 나는 다시 국회의원이 됐고 지금까지 활동하고 있다.

내가 지금 당장 시련을 당하더라도 진심을 가지고 계속 노력하다 보면 언젠가 내 진심이 알려질 날이 올 것이다. 그러니 두려워 말고 계속해서 도전하고 싸우고 버티면서 살아갔으면 좋겠다.

정치를 꿈꾸는 이들에게

늘 같은 마음으로

정치는 나를 늘 두근거리게 한다. 국민들을 위해 열심히 일하고 국민들의 삶이 나아졌을 때 거기서 그때 나는 참 행복하다. 정의롭지 못한 세상을 바꾸겠다는 의지에서 출발한 일이었다.

내 친구, 내 이웃 사람들을 위해 나섰던 마음이 점차 더 많은 사람들을 위한 마음으로 넓혀졌다. 평택 시민과 경기도민을 사랑하는 마음으로 정치를 해왔고, 그들과 함께 어우러지며 살아가는 사람 냄새 나는 정치인이 되려고 노력했다. 그렇기에 평택과 경기도를 생각하면 언제나 마음속에 진한 감동이 물밀듯 밀려오곤 한다.

낙선을 하고서도 가장 힘들었던 것은 패배감이 아니었다. 당장 평택 시민들과 경기도민들을 위해 할 일들이 산적해있는데 그 일을 내가 직접 나서서 하지 못하게 됐다는 서운함과 아쉬움, 미안함들 때문에 힘들었다.

나는 경기도의원 선거를 나가면서 다짐했다. 나는 평택 시민들과 경기도민들의 겪는 불편사항을 같은 입장에서 해결해주겠다고. 그래서 나는 주민들이 겪는 불편사항이라면 아주 사소한 문제라도 그냥 넘어가지 않았다.

나의 모토 중 하나는 맹자에 나오는 '여민동락(與民同樂)'이라는 말이다. 국민과 함께 즐거움을 느끼자는 뜻이다. 반대로 국민들과 함께 아픔을 느끼자는 뜻도 될 수 있다. 여민동락이라는 말을 가슴에 새기고 피부가 맞닿는 정치, 찾아가는 정치를 표방하고 있다.

주민들과 격 없이 소통하다보니 그들의 불편사항도 직접적으로 들을 수 있었고 빨리 해결해 줄 수 있었다. 늘 초심을 잃지 않기 위해 불편사항을 직접 들으러 다닌다. 나는 국민의 대변인이다. 국민이 행복해질 수 있다면 무엇이라도 한다. 그게 바로 정치인 원유철의 존재 이유다.

정치인의 사명

우선 정치인은 국민을 먼저 생각해야 한다. 그것이 정치인의 사명이기도 하거니와, 정치인이 서있는 자리는 바로 국민들이 만들어준 것이기 때문이다.

평택 시민들은 나를 최연소 경기도의원, 경기도정무부지사, 40대의 4선 국회의원으로 키워주셨다. 나를 키운 건 8할이 평택 시민들이었던 만큼 원유철 또한 평택을 위하여 헌신해야 한다. 그뿐만이 아니다. 더 큰 꿈과 사명을 안아야 한다. 앞으로 경기도와 대한민국에 헌신하고자 한다.

그렇게 하기 위해서는 우선 말했으면 실천하는 정치인이 되어야 한다. 언행일치가 되지 않는 정치인은 국민에게 커다란 실망을 안겨줄 수밖에 없다. 경기도의원 시절부터 언행일치의 정치를 실천하기 위해 최선을 다했지만 나 역시 부족한 점이 있었고 반성을 하고 있다. 반성하는 마음에서 지금도 크고 작은 약속들을 지키기 위해 분주하게 뛰고 있다.

두 번째로 정치인은 두 가지 시선을 잘 갖춰야 한다. 바로 국가와 지역을 바라볼 수 있는 날카로운 통찰력이다. 우선 크게 보는 눈으로서 국가의 비전을 생각하는 정책을 내놓아야 한다.

먼저 국가의 경제 상황을 자세히 알아야 하며 경제 상황 외에도 문화, 복지 등 국가의 미래가 어떻게 흘러갈 것인지 다방면에서 자세히 볼 줄 알아야 한다. 그리고 그에 걸맞은 국가의 청사진을 그려낼 줄 알아야 한다.

그 다음 작게 보는 눈으로서 내가 출마한 지역의 시급한 현안이 무엇인지를 파악해야 한다. 선거 때마다 터무니없고 허황된, 실현 가능성 없는 공약들을 보곤 한다. 또한 근시안적이고 전시적인 정책 때문에 많은 세금들이 낭비되는 경우가 참 많다. 진정한 정치인이라면 주민들이 무엇을 원하고 있는지 알아야 하고 거기에 알맞은 공약을 내놓아야 한다.

세 번째로 정치인은 창의적이어야 한다. 정치인은 법을 만들고 질서를 만드는 사람들이다. 더 좋은 법을 만들기 위해서 정치인은 창의적인 시선으로 법을 개선할 줄 알아야 한다.

올해 나는 국무총리 인사청문회특별위원장으로 활동하게 됐다.

국무총리 인사청문회특별위원장을 맡으면서 새로운 인사청문회 전형을 만들어보고 싶었다.

그래서 먼저 기존 청문회 기간을 2일에서 3일로 늘렸다. 첫날은 후보자의 국정 수행 능력을 검증했고 둘째 날은 후보자의 도덕성을 검증했고 셋째 날은 참고인과 증인 신문 후에 경과를 보고했다. 그리고 청문회 전에 당선인 측에서 미리 후보자를 내정한 배경을 설명하도록 했다.

인신공격과 신상 털기 보다는 명확한 검증이 이뤄지는 청문회로 바뀌기를 원했다. 물론 청문회 동안 쟁점도 있었지만 그래도 예전보다는 한결 나아진 청문회라는 평가를 받았다. 이틀로 고정되어 있었던 청문회 기간을 예외적으로 깨자 더 좋은 법이 나온 결과였다.

네 번째로 정치인은 나라에 목숨을 바친다는 각오로 정치에 헌신하는 마음가짐을 갖춰야 한다. 바로 애국심이다. 아무리 훌륭한 정책이 있어도 그것을 실현시키고자 하는 뜨거운 마음이 없다면 탁상공론으로 끝나버리고 만다. 그렇기에 마음이 중요하다.

또한 정치인의 스케줄은 상당히 빠듯하다. 평일은 밥 먹을 시간도 없이 바쁘고 주말에도 저녁까지 스케줄이 꽉 차있는 경우가 허다하다. 전화기는 늘 불이 난다. 자기 사생활을 누리는 것은 거의 포기해야 하는 자리인 것이다. 그러니 비장한 각오와 뜨거운 마음이 없다면 절대 해나갈 수 없는 자리이다.

내가 말한 이 네 가지 정치철학은 정치인의 존재 이유이자 그 정치인을 판가름하는 잣대가 된다. 사실 이러한 역량들은 하루아침에 만들어지지 않는다. 계단을 오른다는 자세와 마음가짐으로 천천히 시민들과 함께할 때, 비로소 국가와 고향을 사랑하는 마음도 생겨나며 시민들의 고민도 해결해줄 수 있는 역량도 키우게 된다.

20년 동안 나는 오직 이 길만을 바라보며 달려왔지만 아직도 부족한 점이 많다. 그나마 내가 이렇게라도 될 수 있었던 것은 나를 믿고 키워주신 평택 시민과 경기도민들 덕분이다.

정치인을 꿈꾼다면

우리나라는 정치 신인들이 정치에 도전하기에 참 힘든 나라이다. 개방적인 미국 등의 나라와는 달리 우리는 너무 문턱이 높다. 우리도 하루 빨리 정치 신인들이 도전하기 쉬운 문화가 성숙되고 그럴 수 있는 시스템이 되어야 하는데 아직은 멀기만 하다.

특히 젊은 정치인들이 정치에 나가기 망설이는 데에 가장 큰 이유는 돈과 당 때문일 것이다. 재정과 당이 없다면 우리나라에서 정치를 하기엔 너무나 어려운 일이기 때문이다. 그러나 그렇다고 해서 정치인의 꿈을 포기하지는 않았으면 한다. 돈과 당은 정치에 충분조건이지 필요조건은 아니다.

내가 얼마나 비전이 있는지 내가 얼마나 믿고 찍을 수 있는 인물인지를 유권자들에게 전하는 것이 가장 중요하다. 요즘은 유투브나 SNS 등으로 돈을 들이지 않고도 나를 알릴 수 있는 기회는 충분히 만들 수 있다.

나는 돈도 당도 없는 상황에서 경기도의원, 국회의원 선거에 출마 했다. 나는 돈도 당도 없는 대신에 나는 지역 현안을 아주 면밀하게 파악하고 있었고 나를 믿어주는 듬직한 자원봉사자들도 함께 있었다. 그 힘으로 당선이 될 수 있었다.

유권자들을 감동시킬 수 있다면 그 선거를 장악할 수 있다. 단순히 교과서적인 대답이 아니다. 내가 겪은 이야기고 나의 이야기만이 아니더라도 많은 사례들이 있다.

정치인으로 힘든 일도 많다. 매일 매일이 스트레스의 연속이다. 하지만 정치인은 정말 보람 있는 일이다. 내가 열심히 일하면 국민들의 삶이 달라진다. 이것만큼 보람된 일이 없다. 용기를 가지고 도전해봐라. 위험을 무릎 쓰고 도전해볼 만큼 정치인은 충분히 가치 있다.

함께하는
삶을 살아라

모두가 잠든 시간, 스케줄을 떠올리며

평소처럼 바쁜 일정을 끝내고 돌아온 어느 날이었다. 곤한 몸을 이끌고 집으로 돌아오니 가족들은 벌써 단잠에 빠져 있었다. 아내는 피곤했는지 내가 옆에 몸을 뉘였는데도 몸을 뒤척이지도 않은 채 곤한 잠에 빠져 있었다.

슬며시 아내의 얼굴을 쓰다듬었다. 아내와 함께 반평생을 살아온 지금도 뭐가 그리 좋은지, 나는 아내가 참으로 예뻤다. 천사가 따로 없었다. 아내와 함께 있을 수 있다는 사실이 새삼 기뻤다.

나는 '함께'라는 말을 참 좋아한다. 혼자와 함께의 차이는 실로 엄청나다. 극한의 상황에서 혼자 있으면 오래 버티지 못하지만 누군가와 함께 있다면 더 오래 견딜 수 있다는 연구 결과도 있다. 그만큼 인생이라는 전쟁터에서 누군가 내 옆에 있다는 것만으로도 큰 위로가 된다.

나 역시 많은 시민들이 함께 있어줘서 이 자리까지 올 수 있었다. 나도 언제나 시민들과 함께하는 정치인이 되겠다고 다짐했다. 그래서 나는 여기저기 시민들과 함께하는 자리를 만들기도 하고 찾아도 다닌다.

얼마 전에는 '한·미 친선 문화 축제'가 열린 신장 쇼핑몰 거리에서 시민들과 함께 했다. 축제에 가서 시민들에게 인사도 드리고 같이 어울려 즐기던 중에 사회자가 갑자기 나에게 노래를 시켰다. 이문세 씨의 '나는 행복한 사람'을 목이 터져라 열창했다. 잘 부르지 못한 노래였지만 많은 시민들이 호응해주셔서 감사했다.

이번 추석에는 평택의 여러 전통재래시장에 들러서 시장 상인들을 응원했다. 손을 잡고 덕분에 힘이 난다고 인사해주시는 분도 계셨고, 같이 사진을 찍겠다며 내 곁으로 오셔서 핸드폰으로 사진

을 찍으신 분도 계셨다. 인사드리고 가는 길에 집에 필요한 장도
봐갔다.

진정으로 시민들이 필요할 때에 함께하려고 한다. 쌍용자동차
문제로 대치가 심했을 때 만사 제쳐놓고 현장으로 달려갔다. 임대
아파트 임대료가 인상되려고 하자 열심히 뛰어다녀 임대료 동결
을 이끌어냈다. 내 도움이 필요하다면 한밤중에라도 뛰어나갔다.

곰곰이 생각해보니 나의 행복은 모두 시민들에게서 왔다. 행복
은 나에게서부터 오는 것이 아니라 다른 곳에서부터 온다는 진리
를 나도 모르게 삶에서 경험하고 있었던 것이다. 누군가가 나를 필
요로 하고 내가 그들을 위해 도움을 주는 이런 삶이 진짜 행복이
아닌가하는 생각을 하게 됐다.

행복을 위해 나눔을 실천하다

진정한 행복을 이루기 위하여 나는 또 하나의 나눔을 실천하기
로 마음을 먹었다. 바로 세계의 굶주리는 아이들을 돕는 것이다.

사실 우리 세대 때만 하더라도 굶주림은 일상적인 것이었다. 그 당시에는 도시락을 못 싸와서 수돗물로 배를 채우는 아이도 흔치 않게 볼 수 있었고 도시락에 달걀부침을 싸올 수 있을 정도면 마을에서도 부자 축에 속하는 아이였다.

지금은 시대가 많이 변했다. 먹을 게 너무 많아서 넘쳐나는 현시대에 아이들은 음식의 중요성을 잘 모른다. 아이들은 음식을 남기면 쉽게 버리고 자기 입맛에 맞지 않는 음식은 아예 거들떠도 보질 않는다. 밥그릇에 붙어 있는 밥알 하나라도 남기면 불같은 호통 소리를 들어야 했던 과거와는 너무나 다른 이야기이다.

그러나 그런 남한의 모습과 상관없이 세계의 절반은 굶주리고 있는 것이 지금의 상황이다. 아프리카에서만 하루에 몇 만 명이 굶주림으로 인해 죽어가고 있다고 한다.

북한은 특히 어떠한가. 말로 할 수 없을 만큼 북한의 현실은 참혹하다. 북한에서는 식량을 얻기 위해 구걸이나 도둑질, 심지어 폭행까지 서슴지 않고 행하는 꽃제비들이 수백만 명에 달한다고 한다. 한번은 뉴스에 나온 꽃제비들을 보았는데 토끼풀을 뜯어서 그걸 먹고 살며 하루하루를 연명하는 그들의 모습이 나온 적이 있었다. 너무나 가슴이 아팠다. 그럼에도 불구하고 민생 정치를 펼치기는커녕, 남한을 '남조선 괴뢰당'이라 욕하며 정치 공세에만 혈안이 되어 있는 북한의 모습을 보면 한심하기 이를 데 없다.

북한의 모습과 세계 기아에 대한 뉴스들을 보며 이대로 있을 수만은 없다고 생각했다. 경기도민을 살리고 경기도를 위한 정책을 세워가는 것도 내가 분명 마땅히 해야 할 일이지만 한 사람으로서, 내 자신의 양심에 부끄럽지 않아야 한다는 생각이 들었다.

그렇게 세계 굶주림에 대처하는 일환 중 하나로 '제로 헝거 리더스'가 창립되었다. 나는 그곳에서 국회 대표를 맡기로 하였다. '국회 한국 아동인구환경의원연맹CPE' 산하에 있는 '유엔세계식량계획WFP'의 모임 중 하나인 '제로 헝거 리더스'는 앞으로 북한을 비롯한 저개발국의 기아문제 해결을 위한 국회 차원의 관심과 활동을 기울여가기 위해 창립된 단체이다.

1995년부터 인도적 차원으로 지원하였던 대북 식량 원조도 북한의 핵 개발로 인한 남북관계 악화로 중단된 상태이다. 이 와중에 '제로 헝거 리더스'가 북한에 굶주려 죽어가는 아이들을 위해 새 희망이 돼줄 수 있을 것이라 생각한다. 창립식에서 대표를 맡으며 뿌듯하고 짠한 마음이 들었다. 북한을 위해, 또 세계의 절반을 위해, 옳은 결정을 했다는 생각이었다. 앞으로 '제로 헝거 리더스'가 세계의 굶주림에 빛이 되어주길 기대한다.

이것이 행복이다

애덤 그랜트의 저서 「Give and Take」에 보면 재미있는 연구 결과가 나온다. 자기 자신을 위해 돈을 쓴 사람과 남을 돕기 위해 돈을 쓴 사람의 행복지수를 비교 조사한 것이다. 조사 결과, 놀랍게도 남을 돕기 위해 돈을 쓴 사람의 행복지수가 자기 자신을 위해 돈을 쓴 사람들보다 더 높게 나왔다. 이것을 경제학에서는 '베풂의 따뜻한 빛'이라고 하고 심리학자들은 '돕는 자의 희열'이라고 말한다.

결국 행복은 주는 것에서 비롯된다는 것을 말이다. 톨스토이는 "우리에게 최고의 행복을 안겨주는 것은 자기 자신에 대한 봉사가 아니라 다른 사람을 향한 봉사이다. 우리들은 남을 위해 살 때만 자신을 위해 사는 것이다."라고 말했다.

국민들의 행복이 바로 나의 행복이다. 일이 바빠지면 몸이 피곤하기도 하고 가족들과 보낼 시간도 줄어들어 아쉽기도 하지만 내가 바빠지는 만큼 국민들의 삶이 나아질 것이라고 생각하면 다시 또 힘이 난다.

"자기가 태어나기 전보다 세상을 조금이라도 살기 좋은 곳으로 만들어 놓고 떠나는 것, 자신이 한때 이곳에 살았음으로 해서 단 한 사람의 인생이라도 행복해 지는 것, 이것이 진정한 성공이다." 라고 랄프 왈도 에머슨은 말했다.

누군가와 함께 하는 것은 마음만으로 되지 않는다. 직접 실천해야 한다. 당장 내 옆에 배고픈 이웃에게 나의 밥을 나눠줘라. 내 것을 주면 더 큰 기쁨과 보람이 있을 것이다. 누군가를 도우며 함께 하는 삶. 그것이 진정한 행복이고 성공이다.

긍정하면 마술이 시작된다

조영탁 지음 | 284쪽 | 값 15,000원

인생이 지루하고 평범할 까닭은 없다. 우리의 매일매일이, 하나의 기석이요 기쁨이기 때문이다. 하지만 많은 이들이 삶이 힘겹고 재미가 없다고 한다. 그렇다면 '긍정'하라. 사고의 간단하고 전환으로 시작되는 일상의 마술. 이제부터 우리의 삶은 희열과 에너지로 가득 차게 될 것이다.

민둥산을 푸른숲으로 가꾼 이야기

김주일 지음 | 688쪽 | 값 38,000원

『민둥산을 푸른 숲으로 가꾼 이야기』는 김주일 前 대사의 진솔한 회고록이다. 공직 생활 40년간 어떤 일을 기획 · 추진했고 평가했는지 그리고 향후 한국경제의 발전을 위해 국가는 진정 무엇을 해야 하는가에 대한 자신의 의견을 가감 없이 고백한다. 한국 경제가 나아갈 길에 대해서도 현실적 청사진과 전략적 대처 방안을 제시했다.

그대 인연을 사랑하라

남달구 지음 | 300쪽 | 값 15,000원

『그대 인연을 사랑하라』는 비록 남달구 기자가 세상에 내놓는 첫 번째 책이지만 안에 담긴 '맛과 멋'은 장인의 솜씨와 열정 그대로이다. 특종과 이슈가 아닌 '가치와 진실'을 찾아 떠나온 삶의 여정. 이 책은 수많은 독자에게 참된 나와 진실한 세상으로 가는 길목의 이정표가 되어줄 것이다.

내 인생의 터닝포인트

김원수 · 박필령 지음 | 316쪽 | 값 15,000원

이토록 행복하고 멋있게 살아가는 부부가 있을까. 암이 가져다준 고통마저도 삶의 축복으로 승화시키는 애정과 헌신의 힘. 한 명의 보잘것없는 인간이 부부가 됨으로써 위대한 존재가 되어가는 과정. "나의 인생이 즐겁고 아름다운 까닭은 단 하나, 바로 당신. 몇 번을 다시 태어나도 나에겐 오직 당신뿐입니다."

내 아이를 위한 인문학

채성남 지음 | 276쪽 | 값 15,000원

"책을 좋아하고 사람을 사랑하고 자연을 즐기는 아이로 키우세요." 훌륭한 경영 리더들은 모두 좋은 경영자 이전에 좋은 철학자였다. 자녀를 어질게 키우고 싶다면 부모가 먼저 훌륭한 철학자가 되어야 한다. 동양 최고의 스승 공자에게 마음의 그릇을 키우는 법을 배우고, 스스로 위대한 철학자가 됨을 두려워하지 않는다면 당신은 이미 '좋은 부모'다.

소리 - 한이 혼을 부르다

정상래 지음 | 352쪽 | 값 13,500원

쏟아져 나오는 책은 많지만 읽을거리가 없다고 탄식하는 독자들이 많다. 그렇다면 근대 한국사에 담긴 우리 한恨의 정서에 관심이 있다면, 대하소설의 참맛에 대해 잘 알고 있다면, 정말 제대로 된 작품을 읽어볼 요량이라면 이 소설은 독자를 위한 더할 나위 없는 선물이자 생을 관통할 화두가 되어 줄 것이다.

본국검예 1 조선세법

임성묵 편저 | 560쪽 | 값 48,000원

'조선세법朝鮮勢法'은 단순한 무예서가 아니다. 상고시대 한민족의 신화와 정신문화가 선진문화였음을 밝히는 중요한 사료이다. 조선세법의 전모가 드러나면서 전통무예사의 이론과 철학이 부재한 우리 체육계에 커다란 선물과 숙제가 함께 안겨졌다. 정체성을 잃고 헤매는 우리에게 『본국검예』는 대한민국이 일류국가로 도약할 수 있는 정신적 기둥이 되어주고, 미래를 밝히는 민족혼의 불길을 세울 것이다.

부모를 위한 인문학

노재욱 지음 | 272쪽 | 값 15,000원

한국인성교육학회 이사장 노재욱 박사는 대한민국 근현대 교육사를 몸소 체험하고 지켜봐온 교육전문가이다. 책 『부모를 위한 인문학』은 동서양의 모든 종교와 인문학을 두루 섭렵한 저자의 50년 교육 인생과 연구, 강연 활동의 집대성이다. 교육과 관련된 각종 인문학의 핵심 사항을 모아 우리 사회의 실정에 맞춰 어떻게 하면 좋은 부모가 될 수 있는지에 대해 차분한 어법과 쉬운 해설로 제시하고 있다.

하루 7분 기적의 글쓰기

김병규 지음 | 256쪽 | 값 15,000원

내 인생과는 전혀 상관이 없을 것 같았던 일들이 느닷없이 행복 혹은 불행으로 다가온다. 그렇다면 '글쓰기'는 분명 행복에 가까운 쪽일 것이다. 하루 5분은 즐거운 마음으로 이 책을 읽고 2분은 자신만의 유쾌한 글을 쓴다면 말이다. 『하루 7분 기적의 글쓰기』의 첫 장을 펼침과 동시에 어제보다 행복해진 오늘을 맞이해 보자.

참 아름다운 동행

권희철 지음 | 276쪽 | 값 15,000원

2005년 타인의 생명을 구하고 세상을 떠난 故 설동월 · 이진숙 부부와 당시 기적적으로 살아남은 두 부부의 세 살배기 아이 영환이에 대한 이야기이다. 저자는 곁에서 들려주는 듯 조곤조곤하면서도 따스한 목소리로 '부모님이 계시지 않는 까닭부터 앞으로 어른이 되기까지 네가 무엇을 해야 할지'에 대해 이야기한다.